KB202418

할머니의 품과 손

할머니의 품과 손

초판 1쇄 인쇄 2025년 03월 31일
1쇄 발행 2025년 04월 10일

지은이 김선작
대표·총괄기획 우세웅

책임편집 김은지
콘텐츠제작 김세경
북디자인 박정호
일러스트 묘밍일러스트 부현주

종이 페이퍼프라이스㈜
인쇄 ㈜다온피앤피

펴낸곳 슬로디미디어
출판등록 2017년 6월 13일 제25100-2017-000035호
주소 경기 고양시 덕양구 청초로 66, 덕은리버워크 A동 15층 18호
전화 02)493-7780 **팩스** 0303)3442-7780
홈페이지 slodymedia.modoo.at **이메일** wsw2525@gmail.com

ISBN 979-11-6785-256-4 (03810)

글 ⓒ 김선작, 2025

※ 슬로디미디어는 여러분의 소중한 원고를 기다리고 있습니다.
  wsw2525@gmail.com 메일로 개요와 취지, 연락처를 보내주세요.

도시 노인으로 살다 간 할머니가 내게 가르쳐 준 것들

할머니의
품과 손

김선작 지음

설렘

• 일러두기
책 속 이름은 모두 가명으로 처리하였습니다.

추천사

우리는 모두 얼마만큼의 내리사랑으로 이루어진 존재들일까요? 작고 연약한 모습으로 세상에 태어난 우리는 저마다 누군가의 내리사랑으로 보살펴집니다. 그리고 세상에 두 발 딛고 일어서지요.

이 책은 다정하고 자애로운 할머니가 손녀에게 남기고 간 사랑 이야기입니다. 손녀는 그녀의 몸 안에 여전히 남아 흐르고 있는 할머니 내리사랑이 흩어지지 않도록 할머니와의 시간을 기록했습니다. 기록마다 남아 있는 사랑의 흔적에 목이 메기도, 눈시울이 붉어지기도 합니다. 책의 마지막 장을 덮고 서둘러 전화를 걸었습니다. 저에게 내리사랑을 전해 준 분에게요. 희미했던 사랑이 선명하게 떠올라 따뜻해지던 순간이었습니다.

– 《순종과 해방 사이》, 《초등 첫 문해력 신문》 저자 이다희

'할머니'라는 단어만 떠올려도 마음 깊숙한 곳에서 뜨겁고 뭉클한 것이 올라온다. 작가는 할머니와 함께한 사랑의 시간을 구체적인 감각으로 독자에게 전해 준다. 죽음과 이별의 경계에서 머뭇거리고 안타까워하는 마음, 할머니의 말과 물건을 고이 간직하며 기억을 붙잡고 싶어 하는 마음을 정제된 언어로 담아내고 있다. 이 책은 자신에게 무한한 사랑을 쏟은 존재에 대해 쓴, 가장 슬프면서 아름다운 삶의 기록이다.

– 《키친 테이블 독서》 저자, 고등학교 교사 조은혜

그리움을 만질 수 있다면, 활자에 온기를 불어넣을 수 있다면 꼭 그녀의 글과 같지 않을까? 이 책은 사랑이 어디서 와서 어디로 흘러가며 어떻게 영원히 기억되는지에 대한 가장 따뜻한 증명이다. 나를 길렀고 나를 변화시켰고 나를 살게 한 사람, 때론 나조차도 미워했던 나의 있는 그대로를 사랑해 준 사람, 더 이상 내 곁에 없어도 영원히 나의 일부일 사람. 마지막 페이지를 넘긴 바로 지금, 그 사람에게 달려가련다. 더 늦기 전에 쑥스러워 묻어둔 말을 전하련다. 사랑합니다. 내 곁에 있어 주어 고맙습니다.

- 초등학교 교사 정소연

요안나 할머니에 대하여

도시에서 살다 도시에서 죽은 나의 할머니에 관하여 쓴다. 할머니가 마지막에 손에 쥐고 간 이름은 요안나.

요안나 할머니는 태어나 구십이 넘게 살다가 세상을 떠났다. 할머니에게는 자녀가 여럿인데 맏아들의 지각 결혼 끝에 얻은 첫 손녀가 바로 나였다. 맏며느리는 당시로써는 드물게 결혼 전부터 가지고 있던 직장을 출산 후에도 놓지 않는 사람이었으므로, 아이 양육에 도움이 필요한 시점에 맞추어 두 세대가 합가했다. 젊은 부부가 신혼집으로 받은 낡은 아파트를 포기하고, 두부 트럭이 오가는 길가에 지은 이 층짜리 다세대 주택에 들어왔다. 나는 그 집 일 층에서 할머니가 만들어 준 밥을 먹고 세상에 대한 어떤 의심도 없이 착실하게 자랐다. 할머니는 순수하고 자애롭고 현명했다. 애써 그렇게 하는 것이 아니라 그냥 그렇게 태어난 사람 같았다.

'죽음'이라는 단어를 배운 후 나는 자연스럽게 할머니를 가장 먼저 떠올렸다. 할머니는 나를 아껴 주는 사람 중 가장 늙은 사람이었다. 대개는 늙은 사람이 먼저 죽는다고 했기에 할머니가 그 대상이 될 확률이 높겠다고 생각했다. 나는 죽는 것과 영원한 헤어짐을 연결하는 방법을 몰랐다. 그걸 이해하는 것이 이 무겁고도 일상적인 단어를 이해하는 핵심 과제였다. 점점 쇠약해져 가던 할머니가 "주님이 왜 이렇게 나를 안 데려가실까. 사는 것이 너무 힘들다."라고 말할 때마다, 가긴 어딜 가냐고, 이백 살까지 장수하셔야 한다며 너스레를 떨며 농담했다. 마치 삶과 죽음이 아무것도 아닌 것처럼.

여느 사람들처럼 할머니 또한 죽을 거라는 사실 앞에서, 내가 할 수 있는 유일한 일은 돌아가신 후에도 후회하지 않을 만큼 당신을 아끼고 사랑하는 것이었다. 가족을 먼저 떠나보내면 못해 준 것만 생각난다고 했다. 그렇다면 조금의 후회도 남지 않도록, 지금 이 순간부터 할머니께 잘해 드리면 될 거였다. 넉넉잡아 십여 년 동안 나는 의식적으로 노력하며 느리게 할머니와의 이별을 준비했다. 당장 내일 할머니가 돌아가신다고 해도 후회가 남지 않으려면 어떻게 해야 할까. 매 순간 다정하고 친절하게 대하기, 잘못한 일은 빨리 용서받기, 좋은 풍경을 함께 보고 맛있는 것 함께 먹기….
다행히도 할머니는 노화나 죽음이라는 놈이 보면 머쓱해질 정도로 최선을 다해 사셨다. 나는 할머니가 고통스러운 것들을 있는 그대로 견디어 내는 것을 보았다. 아프다가도 낫고, 다 끝난 것 같다가 끝나지 않는 것을 흘려보내고, 속상한 것은 툭툭 털어내 가며 할머니는 살았고, 그런 할머니의 삶에 기생하며 나도 살았다.

할머니는 갑자기 죽는 대신 한겨울 빙판길에서 낙상함으로써 대학병원과 요양병원을 차례로 밟아 가며 가족들에게 헤어짐을 준비하라는 메시지를 던져 주었다. 모두 그 몇 개월간 집중적으로, 각자의 자리에서 후회하지 않을 마지막을 만들고자 했다. 나는 매 순간 할머니께 친절했으므로, 바로 마지막 순간을 위하여 그 일을 해 왔으므로, 저기 바닥에 주저앉아 아이처럼 울어 대는 고모나 둘째 숙모처럼 굴 필요가 없을 거로 생각했다. 나는 아쉬운 것이 없어야 했고 할머니가 그토록 바라던 자유를 얻었음에 함께 기뻐해야 한다고 생각했다.

그러나 나는 요안나 할머니의 몸과 얼굴, 그리고 그 쪼글쪼글한 손이 더는 세상에 없다는 사실이 원통하고 슬퍼서 견딜 수가 없었다. 이제부터 할머니 없이 살아야 하는 내가 불쌍했다. 불쌍한 나를 두고 가 버린 할머니가 어찌나 야속한지 몰랐다. 어린애 같은 감정을 할머니께 쏟아부으며 매일같이 애도했다.

잠자코 기다리니 시간이 알아서 흘렀다. 그게 가장 다행한 일이었다. 애도의 끝에는 '가라앉음'이 있었다. 나는 내게 축적된 할머니의 표정, 말투, 목소리, 습관, 움직임, 촉감, 냄새 등으로 할머니를 떠올릴 수 있었다. 그리고 애도의 시간이 지나자, 내가 잃은 건 할머니의 일부일 뿐 결코 할머니가 모두 사라진 건 아니라는 사실을 알게 됐다. 그리고 마침내 죽음과 영원한 헤어짐이 같은 뜻이 아님을 깨달았다.

넘치게 보답하며 느리게 이별하면 꽤 견딜만하냐고. 글쎄, 확답하지 못하겠다. 할머니가 준 사랑만큼 돌려드리지 못했으니 보답했다고 말할 수 없고 -그건 용을 써도 가능하지 않은 일이었고- 할머니를 보내 드리는 동안 이별이 진짜 이별이 아닌 걸 깨달았으니 스스로 던졌던 질문 자체를 고쳐야겠다고 생각할 뿐이다. 나는 할머니와 이별해 온 게 아니라, 느리고 꾸준하게 할머니를 사랑해 왔을 뿐이다.

누구에게나 이런 사람이 있을 것이다. 우리 모두에게 비슷한 일들이 일어나니까. 그래서 내가 할머니를 떠올리는 일이 나만의 것이 아니라 다른 이의 마음에도 비슷한 무게와 색깔로 전해질 수 있으리라고 믿는다. 이것은 요안나 할머니에 관한 이야기이자 할머니가 내게 가르쳐 준 보편적인 것들에 관한 이야기다. 헤어진 사람들에게 위로를, 만남을 이어가는 사람들에게 의미와 공감을 줄 수 있으면 좋겠다. 나의 할머니 이야기가 곧 당신이 만난 사람의 이야기가 되기를 바란다.

김선작

목 차

추천사 . 5

프롤로그 요안나 할머니에 대하여 . 7

Ⅰ   나를 이룬 것의 기록

1   해님이 나만 따라와 . 17

2   할머니는 부재중 . 23

3   자주 아팠던 이유 . 28

4   할머니의 귀염성에 대하여 . 35

5   동지, 때로는 전우 . 41

6   어느 사고 염려 전문가의 고백 . 48

7   롤러스케이트와 스키, 그리고 큰사람 . 55

8   그 사이의 자리 . 63

9   할머니의 손님 . 70

10   키운 보람이 있는 손녀 . 77

11   할머니가 대체 뭘 알아? . 83

12   같은 일을 겪는 사람들 . 90

Ⅱ   할머니가 이상해졌다

13   할머니가 이상해졌다 . 101

14   노인을 돌보는 노인들 . 109

15   먼 세대의 마지막 통화 . 118

16 생애 마지막에 가는 곳 . 125

17 어떤 것은 길하고 어떤 것은 불길하다 . 132

18 유리 벽 너머의 할머니 . 139

19 그날 밤 아홉 시의 일 . 146

III   흔적과 기억과 시간

20 이상한 장례식장 . 157

21 모두 기도하라 . 169

22 할머니의 묘원에서 . 177

23 꽃분홍색 외투와 돋보기안경 . 184

24 할머니의 비밀 서랍 . 191

25 시간이 만든 것들 . 197

26 할머니가 빚어둔 것들이 . 204

27 할머니의 방식으로 내 아이를 길러내는 일 . 209

에필로그   살면서 꼭 해야 할 . 214

I

나를 이룬 것의 기록

해님이 나만 따라와

초등학교 입학 이전의 기억은 선명하지 않은 것이 대부분이다. 그러나 마치 어제 일처럼 또렷하게 남은 몇 가지 사건이 있다. 다 자란 후에 약간의 양념을 얹어 새 이름으로 기억을 저장하게 되었는지 모르겠지만, 어느 정도 변형되었는지와는 관계없이 그 시절 할머니가 내게 어떤 존재였는지에 대한 감각은 그대로다. 그리고 그 기억을 떠올리는 것은 살아가는 데 상당한 힘이 된다.

나는 네 살부터 돌봄 기관에 다녔다. 지금이야 영유아 시절부터 어린이집에 다닌다지만, 그때는 네 살짜리가 기관에 다니는 것도, 네 살짜리를 전문적으로 돌보는 기관도 흔치 않았다.

당시 나는 나보다 나이 많은 유아들이 함께 묶인 반에서 생활했다. 언니 오빠들이 노는 데에 끼워 주지 않아 외톨이로 있는 일이 잦았다고 한다. 모처럼 외부 견학을 나가 단체 사진을 찍을 때면, 키가 작아 구도를 해친다는 이유로 기둥 옆 가장자리로 밀려나기도 했다. 사진사 아저씨의 호통에 기둥 옆에 쭈뼛거리며 앉아 슬픈 표정을 짓고 있는 네 살짜리 어린이가 나였다. 같이 놀 친구도 없고 놀자고 다가오는 언니 오빠들도 없었으니, 사회생활의 쓴맛을 꽤 일찍 본 셈이다.

유치원에서는 정기적으로 생일잔치를 열었다. 생일을 맞은 주인공은 종이로 만든 왕관을 쓰고, 알록달록한 한복을 입었다. 선생님이 빨간색 립스틱을 발라 주기도 했다. 나도 그날은 색동저고리에 다홍치마를 받친 한복을 입었다. 또 그날은 주인공들이 부모님께 큰절하는 순서도 있었기에 엄마들도 잘 차려입고 유치원에 출석했다. 그러나 우리 엄마는 그날 일을 쉴 수 없어 할머니가 대신 왔다. 다른 아이들은 다 엄마가 왔는데 나만 할머니가 와서 좀 창피했다. 게다가 할머니는 은은한 옥빛이 도는 한복에 동네미용실에서 뽀글뽀글하게 볶은 검은 파마머리를 하고 왔는데, 그 파마머리는 '동네 억척 아주머니'의 상징이었으므로 그게 유독 창피하게 느껴졌다. 기왕이면 할머니보다는 엄마가 유치원 행사에 왔으면 좋겠다고 생각했다. 엄마는 다갈색 모발에 자연스러운 웨이브가 들어간 단발머리여서 더 그랬는지 모르겠다. 어쨌든 할머니가 오면 선생님들은 어르신을 대접하는 의미에서 더 좋고 편한 자리를 배정해 주고, 큰절 받는 순서를 앞으로 당겨 주었다고 한다. 그게 내가 받는 콩알만 한 혜택이었다.

어느 날, 여러모로 기관 부적응의 경계에 선 나를 보다 못한 할머니가 동네 언니를 연결해 줬다. 그 집 엄마한테 "우리 애하고 좀 놀아달라."라고 부탁하는 단순한 방법으로. 동네 언니는 좋은 사람이었다. 견학 가는 버스에서는 내 옆자리에 앉아 주었고 가끔 먹을 것도 나눠 주었다. 뾰로통해 있는 어린아이를 곧잘 챙겨 주었다. 듣기로는 그렇게 알뜰살뜰 챙겨 주었다는데 나는 그 이름도 기억하지 못한다.

당시 내 소원은 유치원에 잘 적응하는 것이 아니라, 그곳에 가지 않는 것뿐이었다. 집에서 내복 바람으로 뒹굴뒹굴하며 할머니가 내오는 간식이나 먹고 싶은데, 왜 나를 자꾸 집 밖으로 내보내려 하는지 의아했다. 이런 이유로 나는 유치원의 모든 것이 점점 싫어졌다. 그중에서 제일 싫은 건 체조 시간에 선생님이 정해 준 내 자리가 하필 창가라는 것이었다. 선생님을 따라 어설프게 체조를 하다

보면 체온이 오르며 땀이 났는데, 창가로 쏟아져 들어온 강한 햇볕이 안 그래도 더워 하는 나를 괴롭혔던 거다. 햇볕이 따갑고 더워도 내 자리는 늘 거기였고 해님은 하필 나만 따라다녔다. 눈이 부셔서 꼭 감고 있으면 시선 안쪽에서 붉으면서도 샛노랗고 번쩍이는 매서운 파도가 일렁였다.

"할머니, 나 유치원 안 가."

"왜? 왜 안 가."

"해님이 나만 따라와. 체조할 때 나만 따라와."

유치원에서 벌어지는 일을 할머니한테 고자질하는 느낌이었지만 말은 이미 뱉어진 후였다. 그리고 할머니는 손녀에게 닥친 위기를 해결해 내고야 마는 사람이었다. 할머니는 유치원 선생님께 곧장 전화하여 아이에게서 들은 내용을 전한다. '해님이 자꾸 따라온다'라는 아이의 표현 그대로를 전달했을까? 할머니 특유의 찬찬하고 보드라운 말투로 '해님' 같은 단어를 발음했을 것을 떠올리면 싱긋 웃음이 난다. 그걸 들은 사람이라면 누구라도 그랬으리라고 생각하면서.

다음날부터는 맞은편 자리에서 아침 체조를 하게 됐다. 햇볕 때문에 눈을 감을 필요도 땀을 흘릴 이유도 없는, 쾌적한 자리였다. 그러나 고자질쟁이가 되어 버렸다는 창피함은 오래도록 마음에 남았다. 할머니 때문에 내가 참을성 없고 핑계 많은 고자질쟁이라는 걸 선생님께 들킨 느낌이었다. 그래도 유치원에 가고 싶지 않다는 생각은 이제 들지 않았다. 할머니가 나의 자리를 바꾸어 줄 수는 있어도 내가 유치원에 안 가게 할 수는 없다는 걸 받아들여야 했다. 손녀의 일이면 무엇이든 해결해 주던 할머니가 결코 해 줄 수 없는 일이라면, 그냥 해야 하는 거였다.

당시 할머니는 어린 나와 갓 태어난 내 동생까지 두 손녀를 동시에 육아하던 중이었다. 집안 살림에, 남편 뒤치다꺼리에, 같이 사는 아들들까지 건사해야 했다. 가족이라는 이름의 불한당들이 사방에서 엄마, 할머니, 임자 등으로 불러 대며 요구하는 것들에 하나씩 응답해야 했던 할머니의 속. 왜소한 할머니의 체구에서 자식이 여섯이나 나왔다는 것도 신기한데, 그 몸으로 쉰이 넘어서까지 육아와 살림을 놓지 않고 꾸려 온 할머니.

나의 기관행이 일렀던 이유도 모두 거기에 있었음을 이제는 안다. 할머니에게 매달린 사람이 너무 많아 그중 한 명이라도 잠시나마 분리되어 있어야 했을 것이다. 그러므로 그 사실을 받아들이고 적응하며, 가족들이 원하는 대로 착실히 먹고 놀고 자라는 것이 내게 던져진 임무였다. 해님은 다시는 나를 따라오지 않았고, 따라온다 한들 그다지 대수로운 일이 아니게 되었다. 나는 할머니에 대한 서운함이나 원망 대신, '어린 나와 할머니가 공생하기 위해 서로 노력했던 기억'이라는 새 이름으로 기억을 저장한다. 나이 차이는 크게 나지만 우리는 아주 환상적인 콤비였다고, 그때의 마음을 표현할 수 있는 언어를 갖게 되었다는 점에 감사하면서 말이다.

내가 기억하는 할머니는 외유내강 슈퍼우먼이다. 사람은 비자발적으로도 강해질 수 있다. 할머니는 이렇게 고역스러운 삶 속에서도 틈을 벌려 새끼가 낳은 새끼를 아끼고 사랑하기까지 했다. 살아 있는 모든 어미가 이런 일을 하고 있다는 것이 놀랍고 한편으로는 슬프다. 할머니는 창피하지만 좋은 사람. 허약하지만 강한 사람. 온갖 모순을 다 버무려 놓은 것 같은 사람이었다. 그래서 나는 할머니가 싫기도 하고 좋기도 했다.

할머니는 부재중

그해의 일은 또렷하게 남은 기억 중 하나다. 당연하게 여기던 것들이 한순간에 사라지는 것을, 태어나서 처음 경험했기 때문일 거다.

할머니가 붙박인 자리는 항상 집이었다. 밖에 나갔다가 돌아왔을 때 할머니가 집에 없었던 적은 한 번도 없다. 할머니에게는 그누구와도 대체할 수 없는 존재감이 있었다. 깊은 안정감이기도 했다. 그래서 내게 할머니는 집과 동의어였다.

그런데 그날은 아무런 예고도 없이, 할머니가 집에 없었다. 집안분위기도 평소와 달랐다. 모두가 다급하게 대화하며 허둥거리고 있었는데, 그 분위기와 긴장감이 거슬려 갑자기 배가 아파 왔다. 삼촌이 멀뚱히 서 있는 내게 말해 주었다.

"할머니 좀 다치셨어. 빨래 널다가."

당시 우리가 살던 다세대 주택에는 집과 담벼락 사이에 꽤 넓은 공간이 있었고, 그곳에는 언제부터 있었는지 모를 빨랫줄이 높이 설치되어 있었다. 빨랫줄이라고 해 봐야 깡통 같은 데에 시멘트를 넣고 높다란 쇠봉을 박아 굳힌 뒤 적당한 간격으로 넓혀 주황색 노끈을 단 조악한 것이었다. 그 빨랫줄을 쓰려고 할머니는 늘 뭔가를 밟고 올라갔다. 주로 밟고 올라가던 건 흔들거리는 플라스틱 의자였다. 할머니가 매일 위태롭게 빨래를 널 동안 가족 그 누구도 관심을 두지 않았다. 자기 일이 아니라면 으레 그렇게 되는 건지도 모르겠다. 할머니는 그 빨랫줄에 이불을 널다가 다쳤다.

'할머니가 무거운 이불을 온몸으로 들어 올린다. 안 그래도 높은 빨랫줄에 무거운 빨래를 걸려고 몸을 던지다시피 힘을 주어 올렸다. 딛고 있는 것은 고정되지 않은 플라스틱 의자뿐. 빨랫줄 쪽으로 힘을 싣자, 플라스틱 의자도 무력하게 쓰러진다. 쓰러지는 순간, 할머니는 본능적으로 무언가를 손으로 짚으려 했고, 하필 할머니가 짚은 건 담벼락에 도둑이 드나들지 못하게 박아둔 뾰족한 철물이었다' 여기까지가 어린아이에게 공개된 정보다. 할머니가 얼마나 다쳤는지, 완치하려면 얼마나 걸리는지, 언제 다시 집으로 돌아올 수 있는지 알 수 없었다. 어린애가 신경 쓸 일 아니라며 어른들이 함구하는 동안 나는 매일 상상 속에서 병원에 누워 있는 할머니를 그려 냈다. 할머니의 손에 난 상처를 상상하기 위해 할머니가 다치던 순간을 상상했다. 뾰족한 철물에 손을 스쳤거나, 아니면 깊이 상처가 난 후에 담벼락 옆 공간으로 추락했거나, 또는 쇠창살이 할머니의 손을 관통해 버렸을지도. 할머니가 사고로 피를 많이 흘렸다고 스치듯 들은 말을 기억하여 이내 담벼락 아래 붉은 것이 고여 웅덩이를 이루는 상상을 했다. 비가 올 때마다 물이 고이는 낮은 지대에 빗물 대신 핏물이 고이지는 않았을까.

할머니가 느꼈을 통증이 어느 정도였을지 확인하려 모나미 볼펜 촉을 손바닥에 올려놓고 세게 눌러 보기도 했다. 촉 끝이 살갗에 묻혀 보이지 않자 금세 겁이 나서 펜을 치워 버리고 손바닥에 묻은 검은 잉크를 박박 문질러 지웠다. 생각하고 싶지 않은 것들이 더 생생한 이미지로 떠올랐고, 나는 할머니가 돌아올 때까지 두려움에 떨어야만 했다.

어린이에게 병실 면회는 허락되지 않았다. 나는 한동안 집을 잃었다. 집이 없는 세상은 공포 그 자체였다. 할머니는 대체 불가능한 안전 기지였고, 나는 할머니 없이는 보잘것없고 무기력한 아이였다.

퇴원한 할머니의 손에는 붕대가 감겨 있었고, 다행히 그 속에는 다정한 손이 그대로 들어 있었다. 부엌일을 많이 하여 거칠어진 손 등 한가운데에 오 센티미터 정도의 흉터가 남았다. 내가 했던 무시무시한 상상에 비하면 사소하기 그지없는 흔적이었다. 할머니는 금세 나았고, 다시 막냇삼촌의 임관 반지를 끼기 시작했으며 다시 살림과 육아를 시작했다.

보기 싫던 흉터는 할머니 손에 주름이 하나둘씩 잡혀감에 따라 마치 그 주름의 일부인 것처럼 본모습을 감추었다. 할머니가 빨래를 널다 다친 적이 있었다는 사실 또한 희미해졌다. 아파트로 이사하면서는 이불 빨래를 힘겹고 위태롭게 너는 일도 사라졌다.

그해의 일로 내 삶에서 할머니가 순식간에 사라질 수 있다는 걸 알았다. 아침에 일어나 세수하고, 밥 먹고, 학교 가는 일상이 깨질 수도 있다는 걸 알았다. 일상이 이토록 불안정한데, 동그란 시계 모양 생활 계획표를 만들어 정해진 시간에 밖에 갔다 돌아오는 일을 반복해야 하는 이유가 무엇일까 궁금했다. 몸이 예전처럼 자유롭지 않은 할머니의 주변에는 일상을 위협하는 위험한 변수가 늘 도사리고 있었다.

할머니가 다칠 수 있다는 걸 미리 알았다면 빨래를 널지 말라고 칭얼거리며 보챘을 거고, 아마 할머니는 내 말을 들어주었을 거다.

사고나 이별 같은 것이 예고 없이 찾아오기 마련이라는 걸 알게 되니 이미 나는 다 자라 버린 후였다.

그 후로도 할머니는 예고 없이 자주 입원했다. 늙어 갈수록 할머니는 아팠고 입원하는 기간도 점차 길어졌다. 할머니가 없는 집에서 그분이 남기고 간 구멍은 분명 할머니의 몸집보다 거대했었다. 마치 싱크홀이 뚫린 것처럼 휑한 공허가 집 한복판에 있었다. 시간이 지나며 그 구멍은 할머니의 작은 체구만 해졌다가 할머니의 체구보다 작아졌다가, 어느덧 할머니가 계시지 않아도 모든 것이 그대로 유지될 만큼 작아졌다.

자주 아픈 할머니가 짐처럼 느껴지다 퍼뜩 밀려오는 자기혐오를 맞닥뜨릴 때, 사람의 빈자리가 느껴지지 않는 것만큼 슬픈 일이 어딨을까 생각했다. 그래서 아무래도 괜찮을 줄로 알았던 것이고 그 할머니가 영영 떠나 버린 지금은…. 그가 다시 돌아올 수 없게 되어서야 할머니가 남긴 구멍이 물리적 공간이 아닌 나의 마음에 나 있다는 걸 깨닫는다.

3

자주 아팠던 이유

할머니는 자주 아팠다. 아무리 봐도 타고난 체질 자체가 건강하지 못한 것 같았다. 어린 시절 풍족하게 먹으며 자라지 못했을 거고, 몇십 년간 고된 노동을 도망갈 데도 없이 고스란히 해내야 했기에 더 그랬을 거다.

할머니는 친정에서 시키는 대로 할아버지와 결혼했다. 할아버지는 같은 지역 같은 또래에 산 하나 넘어 살던 사람이었다. 비슷한 집안 간의 혼사였기에 무리 없이 성사됐다고 한다. 할아버지는 아빠의 대학 입학과 동시에 가족을 줄줄이 이끌고 상경하여 닥치는 대로 일하다가, 어느 숯불갈비 집의 주차관리 요원으로 은퇴했다. 이후로는 나의 아빠와 엄마가 벌어오는 돈에 의지해서 노년을 보냈다.

할아버지는 가문에 자부심이 있어 몇백 쪽에 달하는 족보를 보물 다루듯 하는 사람이기도 했다. 본인의 삶에 족보가 하는 일이 아무것도 없는데도 불구하고 태어나는 손주들의 이름에까지 관여하며 족보 지키기에 몰두했고, 여자는 족보에 이름을 올릴 수 없으나 귀하게 여기는 손녀들만은 예외로 족보에 실어 주었다는 생색을 내기도 했다. 사실 나는 격변의 시기에 양반의 족보가 어떻게 유통되었는지를 학교 역사 시간에 배우고 나서부터 할아버지의 족보에 관한 집착이 조금 우습게 느껴졌거니와, 내 이름이 족보에 적히든 말든 별 상관이 없었다. 아이를 낳아 보니 더더욱, 내게서 나온 것이 분명한 아기에게 어떤 가문 소속이라는 라벨을 붙이는 게 쓸데없는 일로 느껴졌다.

할머니는 막내딸로 태어나 귀여움을 받느라 집안일이라고는 해본 적이 없었다고 한다. 강제 징집을 피하고자 서둘러 진행된 결혼이었으므로 할머니는 어떤 준비도 하지 못한 채 새댁이 되었다. 귀하게 자라 철없던 막내딸이 소위 종갓집 맏며느리가 된 것이다. 할머니는 갑자기 생긴 많은 친척 어르신 틈에서 할 줄 아는 게 하나도 없어서 멀뚱멀뚱하게 서 있던 게 생각난다고 했다. 상을 차리라는데 어떻게 해야 할지를 몰랐다고.

할머니의 삶은 그렇게 바뀌었다. 아침상을 물리고 나면 또 점심상을 준비해야 했고, 종일 온몸이 갈려 나가도록 일했다.

어느 날 할머니는 이 집에서 도망가야겠다고 생각했다. 깊이 생각할 겨를 없이 집을 나왔다. 유일하게 생각나는 목적지는 친정이었다. 할머니는 산을 넘어 달렸다. 그러다 산속에 있는 식당에 잠시 쉬어 가고자 들렀는데, 그 주인이 하필이면 할머니와 할아버지의 식구를 모두 알고 있는 지인이었다. 주인은 시집간 여자가 어디를 도망가느냐며 할머니를 엄하게 꾸짖었고, 할머니는 산에서 내려와 일이 산더미처럼 쌓여 있는 집으로 터덜터덜 돌아갔다. 식당 주인의 말에 깨달은 바가 있어 그런 것은 아니었을 거다. 할머니가 무사히 친정까지 갔다 한들 똑같은 말을 들었을 것이고 결과도 같았을 거다. 할머니의 일탈 이야기는 이런 식으로 조금씩 김이 새는 것들뿐이었다. 다만 그것으로부터 할머니는 폭발하는 설움을 조금쯤 잠재울 수 있었을 것이다. 김이 새어야 다시 숨 돌리고 살 수 있었을 것이다.

할머니의 노동량을 계산해 본 적이 있다. 그때 집에는 가족과 일가친척을 포함하여 스무 명 정도가 살았다고 한다. 밥을 짓는 여자들은 세 명 정도. 딸들이 커서 국자만 잡을 수 있으면 이 일에 동원되었을 것이니 조리 인원을 네 명에서 다섯 명 정도까지 늘려 볼 수 있겠다. 스무 명분의 대규모 식사를 준비한다고 치면 한 시간 반에서 두 시간 정도를 잡아야 하고, 그렇게 삼시 세끼면 네 시간 반에서 여섯 시간 정도를 준비 시간에만 꼬박 써야 했을 거다. 식사 후에 산더미 같은 설거지까지 하려면 최소 한 시간씩을 더 추가하여 하루 세 시간. 그러면 깨어 있는 시간의 절반 정도를 밥을 위하여 써야 하는 거다. 그리고 나머지 시간에는 육아는 물론, 청소 등 각종 집안일과 밭일 등 바깥일까지 해야 했을 거다. 이 노동은 태어났으니 살아야 한다는 의무감과 같은 무게로 할머니에게 주어진 일이었다. 그러므로 받아들이는 것 말고 다른 수는 없었다.

젊어서 그렇게 혹사당한 할머니 몸이 노년이 되어 멀쩡할 리 없었다. 과로하지 않는 날에도 할머니의 손마디는 퉁퉁 부어 있었고, 신체는 꾸준히 소진되기만 했다. 어떤 치료나 약으로도 이전의 모습을 되찾을 수 없었다.

누군가의 노화를 알아채는 첫 번째 단계는 허옇게 센 머리카락이나 쪼글쪼글한 주름을 발견하게 될 때다. 그러나 실제 노화는 그런 것과는 거리가 있다. 겉모습이야 어떻든 내부 기관이 잘 작동하면 생활 자체에는 큰 문제가 없다. 심각한 소화 불량으로 음식을 제대로 먹지 못하게 되거나, 배변에 문제가 생겨 아침마다 고생하거나,

무릎 또는 허리 통증으로 보조 기구의 도움을 받아 걸어야 할 때에서야 비로소 늙음의 무게가 자신의 것으로 느껴진다. 중요한 것을 자꾸 잊거나 불면에 시달릴 때도 마찬가지다. 노화는 반드시 신체의 기능 저하를 가져온다. 신체가 여러 가지 이유로 제 기능을 못하는 상태를 병이라고 부르므로, 노화는 병을 가져온다고 말할 수도 있을 거다.

병증 없는 노화와 죽음을 맞는 사람에게 '복 받았다'라고 하며 호상이라고 말하는 것을 본다. 그러고 보면 모두의 인식 속에 노화는 병증과 같은 의미로 박혀 있는 게 아닐까 싶다. 태어난 이는 필연적으로 늙는데 그렇다면 우리는 모두 고통의 순번을 받아 놓고 긴 세월을 기다리는 존재들인 건지. 인생의 마지막 라운드가 병증으로 인한 고통이라면 굳이 거기까지는 겪고 싶지 않다는 생각이 자꾸만 든다.

할머니도 그런 것들을 피하지 못하고 고스란히 맞아들였다. 우선 허리 때문에 걷는 것이 더뎌졌다. 할머니는 성당에서 새벽 미사로 하루를 시작하곤 했는데, 성당까지 가는 길부터가 무척 험난했다. 몇 번이고 멈추어 주변에 걸터앉을 수 있는 곳을 찾아 잠시 쉰 뒤 다시 일어나 천천히 몸을 옮겼다. 누군가가 부축해 주어도 마찬가지였다. 다리를 여러 번 움직이는 것 자체가 무리인 모양이었다.

그래도 할머니는 거동이 가능할 때까지 성당에 다니는 것을 놓지 않았다.

또 소화 불량이 심했고 한 번 체하면 실신할 정도로 구토를 했다. 할머니가 말년까지 먹었던 음식 중 하나는 토마토였다. 얇은 껍질을 잘 소화하지 못하여 냄비에 삶고 껍질을 벗겨 내어 부드러운 안쪽 살만 먹었다. 고기류는 꿈도 꾸지 못했고 그나마 오리고기만 조금씩 소화해 냈다. 식사를 제대로 하지 못하니 배변도 제대로 안 됐다. 기본적인 기능이 망가지니 삶의 질도 엉망이 됐다. 할머니는 소화 불량과 구토 문제로 병원 신세를 자주 졌다.

실신이나 구토, 갑자기 앓아눕는 증상은 도드라져 보이는 병증이었다. 이로 인해 구급차나 응급실, 대학병원 같은 단어가 끌려 나왔다. 그리고 할머니가 자리에 누울 때마다 할아버지는 자식들에게 부지런히 전화를 돌렸다. 가족 행사 때마다 바쁘다고 빠지던 아들들까지 호출할 기회였다. 그러면 자식들은 번갈아 방문하며 안부를 묻고, 아픈 할머니를 위해 몇 가지 선물을 놓고 가고, 할아버지를 모시고 외출해 음식을 대접했다. 음식을 먹지 못하는 할머니는 썰물 빠진 듯 고요해진 집에 남았다.

그래도 보고 싶은 얼굴 한 번 보는 게 효과가 있는지 할머니는 자식들이 병문안하면 천천히 나았다. 애초에 시간이 약인 병증이었을지 모르지만, 그래도 할머니는 그렇게 기운을 차리면 다시 식사도 하고 성당에도 가고 했다. 물론 예전만큼 나아지진 않았고, 꽤 쇠약해지고 신체 기능이 조금씩 깎여 나간 상태로 말이다.

할머니가 앓아눕는 빈도는 해가 갈수록 잦아졌다. 그래서 누군가는 이렇게 말했다. "할머니가 자식들 보고 싶으면 저러시나 보다. 어린애들이 저래. 나 좀 쳐다봐 줘, 하고 갑자기 아프고 그러는 거야. 할머니도 어린애가 되나 보다."

할머니의 고유한 성품인 다정함과 자애로움이 흔들림 없이 유지됐던 건 불행 중 다행이었다. 현명함은 조금씩 흩어지는 것 같았지만, 할머니는 여전히 따스하고 다정했다. 그게 사라진다면 할머니를 더는 할머니라고 생각할 것 같지 않았다. 소진해 가는 기능처럼 할머니가 지녀온 성품도 그 끝이 닳아 갈 수 있다고 생각했지만, 그걸 입 밖으로 내면 정말로 그렇게 될까 봐 누구에게도 말하지 않았다.

할머니의 귀염성에 대하여

할머니가 가장 많이 쓰는 말 중 하나는 '옌장'이다. 또박또박 한 음절씩 발음한 적이 거의 없었기에 굳이 글자로 적자면 '이에엔-장' 정도. 독립적으로 사용할 때는 '장' 발음을 뚝 떨어뜨리는 형태로, 그리고 타박할 목적으로 말을 더 붙일 때는 중간 정도 높이에서 마치고 재빨리 뒷말을 이어 하는 식이었다. 할머니의 말버릇이자 온갖 부정적인 상황에서 두루 사용되는 감탄사였고, 그런 말을 뱉는 할머니는 왠지 더 정다워 보였다.

나에게 안 좋은 일이 생길 때면 할머니는 그 '옌장'을 섞어 함께 욕해 주었다. 그러면 함께 욕해 줄 사람이 있다는 것에 마음이 풀리곤 했다. 할머니의 이 정겨운 말버릇을 듣는 날이 영원하지 않다는 걸 알면서도 영상 하나 남겨 두지 못한 게 가끔 후회될 때가 있다. 물론, 카메라에 대고 남 타박을 길게 늘어놓지 않으셨을 분이지만.

할머니는 나를 데리고 집에서 두 시간 정도 거리에 사는 딸네 집에 가고는 했다. 고모 집에는 또래 사촌들이 있어서 갈 때마다 신이 났다. 버스를 갈아타고 또 한참을 걸어 도착하면 고모는 맛있는 걸 만들어 주거나 사촌들과 밤늦게까지 놀게 해 주었다. 그 집에서 불량한 것들을 많이 배웠다. 불량한 것들은 늘 재미있었다.

한번은 고모가 영화를 예매해 두었다며 함께 가자고 했다. 사촌들과 함께 영화를 보는 경험은 또 그거대로 재미있었다. 고모는 스크린 속의 외국 배우를 보면서 "야, 쟤 너무 잘 생겼다. 진짜 잘 생겼다." 하며 추임새를 넣었다. 할머니는 "그래, 잘 생겼네." 하고 건성으로 답했다. 모녀가 외국 배우에 대해 평가하는 모습이 웃겨 나는 킥킥거렸다. 또 스크린에서 뱀이 나오면 모녀는 약속이라도 한 듯 황급히 몸을 웅크리며 눈을 가렸다. "어이구, 저 뱀 어떡해. 무서워, 징그러워." 둘이 똑같이 말했다. 뱀이 화면에서 사라졌다는 걸 알려 주면 그제야 할머니와 고모는 눈을 떴다. 그 모습이 재미있어서 집에서 뱀 사진이 나오는 책을 찾아다가 "할머니, 이거 봐!" 하고 갑자기 들이대며 놀라게 해 주기도 했다. 할머니는 그럴 때마다 화들짝 놀라며 눈을 가리고 저리 치우라고 했다. '할머니가 뱀을 무서워하니까 고모도 뱀을 무서워하지!' 나는 뱀이 그 정도로 무섭지는 않아 다행이라 생각했다. 고모네 딸들도 고모에게 똑같은 장난을 치며 놀았다. 잘생긴 외국 배우한테 큰 감흥이 없고 뱀을 무서워하던 우리 할머니.

한번은 할아버지가 풍물 시장에서 말린 지네를 얻어온 적이 있다. 그러고는 소주 몇 병을 사 와 큰 플라스틱 통에 콸콸 붓고 자기들끼리 뭉쳐 있는 말린 지네를 하나씩 뜯어 넣은 후 밀봉했다. 이렇게 한참을 기다리면 약주가 된다고 했다. 이 모든 작업은 아들 내외가 퇴근하기 전에 끝낼 심산으로 이루어졌다. 지네에 어떤 효능이 있는지도 모르겠고, 있다 한들 알코올에 숙성시킨 식품(?)이 과연 얼마나 영양가가 있을는지도 모르겠지만, 여하튼 할아버지의 주장은 한결같이 '몸에 좋다'였다. 문제는 이 모든 일이 흔한 쟁반이나 신문지 한 장 깔지 않은 맨바닥에서 벌어진 일이라는 거다. 심지어 그곳은 가족들이 이불을 깔고 자고 생활하는 공간이었다. 지네를 보고 경악하던 할머니는 바닥에 고스란히 남은 잔해를 바라보았다. 그리고 할아버지는 여느 때처럼 뒤처리는 아랑곳하지 않고 다시 외출해 버렸다. 그때 할머니의 표정은 고통스러움보다는 짜증이었다.

할아버지에 대한 온갖 감정이 고스란히 드러나는 것 같았다.

"옌장. 이거 지네 다리 수두룩하게 떨어진 거 어떡하냐."

할머니의 짜증 섞인 말투에는 오랜 동무를 타박하는 마음이 묻어 있었다. 허술한 친구를 대신해서 뒤처리를 도맡아 주는 착실한 학급 반장 같았다. 할머니는 뱀이고 지네고 보는 것만으로도 경악하는 사람이었지만, 능숙하게 바닥에 떨어진 지네 다리를 손으로 그러모은 다음 손가락으로 꾹꾹 눌러 다른 손 손바닥에 모아 쓰레기통에 버렸다. 할머니가 몇 번 움직이자 방은 금세 깨끗해졌다. 가부장의 호통에 잔뜩 위축되던 할머니였지만, 그때만큼은 여장부처럼 보인 것이 기억에 남는다.

나와 동생의 등굣길은 늘 할머니와 함께였다. 어느 날은 동생이랑 비슷한 모자를 맞춰 쓰고 등교하는데, 할머니가 "예쁜 모자~ 내 모자~"하고 동요의 한 구절을 무한 반복하며 경쾌하게 불러 주었다. 우리는 그 노랫소리를 들으며 학교에 갔다.

그 무렵 내 책가방에는 학예회 때 쓸 부채춤용 부채가 들어 있었다. 손목에 힘을 조금만 실으면 시원하게 펼쳐지는 예쁜 부채였다. 할머니는 그 부채를 보며 예쁜 옷을 입고 친구들 앞에서 부채춤을 추는 손녀의 모습을 그려 보았을 것이다. 할머니의 기대가 얼마나 컸을지 짐작되고도 남는다.

그러던 어느 날 할머니가 화가 났다. 매일 방을 엉망으로 해 놓고, 밥 먹으라고 하면 논다고 도망가는 손녀들 때문이다. 육아는 늘 기대와 분노가 비슷한 크기로 함께 오는 과정…

"엔장! 밥 차려 놨는데 먹고 놀아야 할 거 아니야?!"

결국, 할머니는 손녀들에게 소리를 치고는 화가 나서 아무 데나 굴러다니던 부채를 벽을 향해 던졌다.

그런데 그 순간, 부채가 할머니의 손목 스냅에 차르륵 아름다운 소리를 내며 우아하게 펼쳐졌다. 고풍스러운 호를 그리며 벽에 부딪혀 떨어지는 동안 깃털 몇 개가 바닥에 흩뿌려지기도 했다. 나와 동생, 할머니는 순간 멈추어 그 광경을 보았고 너 나 할 것 없이 웃음을 터뜨렸다. 할머니가 제일 크게 웃었다. 할머니의 '깔깔' 하는 웃음소리를 들으면 기분이 좋아진다. 동생은 나와 생각이 달랐는지 금세 웃음을 멈추고 조용히 내게 말했다.

"근데, 언니. 할머니 좀 이상해."

아니야. 할머니는 즐거운 거야. 내가 운동장에서 부채춤을 출 거니까! 할머니가 크게 웃는 날은 무조건 좋은 날이었다. 그럴 때 할머니는 할머니 같지 않고, 소녀 같았다. 내 친구 같았다.

할머니도 태어나 할머니가 되기까지 분명 소녀의 시간을 거쳤을 것이다. 할머니의 옛날 사진에는 시대를 뛰어넘는 '고움'이 있었다. 주름살이 하나도 없지만, 표정 또한 없는 그 얼굴은 고모와 쌍둥이처럼 닮아 있었다. 사진 속 할머니가 말하거나 움직이는 것을 고모에 대입하여 상상하면 재미있었다. 할머니는 사랑스럽고 겁 많은 소녀였을 것이다. 재미있는 일이 생기면 높게 호호호, 깔깔깔 웃었을 테고, 친구가 속상해하는 일에 함께 욕해 주는 든든한 지원군이었을 테다. 어쨌든 귀여웠을 것 같다. 귀여운 건 시대를 불문하고 최고다.

동지, 때로는 전우

　결혼으로 맺어진 가족과 오랜 세월 한집에 산다는 건 어떤 기분일까? 할머니와 엄마는 삼십 년이 넘게 함께 살았다. 엄마가 이십 대 중반 결혼과 동시에 친정을 떠나온 것을 생각하면 원가족보다 더 오래 시부모님을 모시고 산 셈이다. 엄마는 무언가에 속죄하는 듯한 마음으로 시부모와의 동거 생활을 견디었다.

　직장 일과 집안일과 시부모 봉양과 육아. 그중 집안일과 육아는 할머니와의 협업이 가능했지만, 엄마는 어떤 일이든 자기 손이 들어가야 직성이 풀리는 사람이었다. 그래서 퇴근 후 녹초가 된 몸으로도 필요한 일들을 찾아서 했다. 엄마가 내 숙제를 봐주다가 꾸벅꾸벅 졸거나, 동생을 재우려다가 먼저 잠드는 모습은 너무 자주 보아 익숙했다. 엄마는 그 시절을 견딘 힘이 체력이 아닌 정신력이었다고 우스갯소리처럼 말한다. 나는 엄마가 시키는 숙제와 공부에 진력이 났고, 할머니가 주는 사랑과 밥만 먹고 살고 싶다는 생각을 했었지만 말이다.

할머니도 아들 내외와의 동거 생활을 견디었다. 퇴근 후 엄마가 집안일에 더 손을 대지 않아도 되도록 최대한 모든 것을 저녁 시간 전에 마무리해 놓고 싶어 했다. 그러나 할머니가 아무리 애를 쓴들 젊은 엄마보다 더 청결할 수는 없었다. 그릇 닦는 수세미로 식탁이나 가스레인지를 닦거나, 우유를 담았던 컵에 그대로 물을 담아 마시는 것에 엄마는 푸념했다. 그러다 그 말을 유심히 듣고 있는 나를 발견하고는 "그래도 할머니 덕분에 너희들 면역력이 좋은 거다. 원래 아이들은 좀 지저분한 데에서 키워야 하는 거랬다."라고 둘러대었다.

엄마와 할머니의 살림 스타일은 무척 달랐다. 엄마는 깔끔하고 정확하게, 할머니는 구색만 맞추어 적당히 하는 편이었다. 엄마도 연약한 유리로 만들어진 아름다운 찻잔이나 다소 무겁지만 중후한 멋이 나는 수저 세트 같은 것을 주방에 들이고 싶었을 것이다. 그러나 노인들과 함께 사는 집에 그런 식기는 전혀 어울리지 않았다.

튼튼하지 않거나 간편하지 못한 것들은 우리 집 주방에 들어올 수 없었다. 할머니는 시골 부뚜막에서부터 부엌일을 시작했기에 주방의 목적이 사람을 먹이고 키우는 데에 있다고만 생각했다. 그래서 꾸미거나 더하지 않고 밥 먹고 사는 데에 문제없게끔만 해 놓고 사는 것, 그것이 엄마에게도 제일 나은 선택이었다. 되지 않는 걸 바라는 것만큼 괴로운 일도 없으니까.

두 사람은 시간대별로 주방을 나누어 쓰기 시작했다. 할머니는 엄마가 퇴근하면 주방에 들어오지 않았다. 대신 그 외의 시간에는 부엌의 주인이 되어 아직도 맛이 생생하게 떠오르는 음식들을 바쁘게 만들어 놓았다.

어린 시절 나는 집에 친구들을 데려오는 것을 꺼렸다. 드라마에 나오는 집처럼 꾸며 놓은 친구네에 다녀온 후로는 더욱 그랬다. 친구는 자기 집이 인테리어 잡지에 실린 적도 있다며 으스댔다. 저 집에서도 사람들이 생활이란 걸 할 텐데 어떻게 저렇게 깨끗하게 유지할 수 있는 건지 신기했다. 기력 없는 할머니가 반나절이 넘게 가꾸어도 우리 집은 친구 집처럼 될 수 없었다. 퇴근한 엄마가 기진맥진한 상태로 대충 바닥에 떨어진 물건만을 정리하는 우리 집은 친구들에게 자신 있게 보여 줄 곳이 못 됐다. 나는 집이 조금 창피했다. 할아버지는 식사 때마다 뭔가를 흘렸고 그 때문에 바닥은 찐득찐

득했다. 다른 집과 다른 쿰쿰한 냄새가 나는 것 같기도 했다.

엄마에게 크게 혼날 거리가 생겨 몇 시간째 엄마 눈치를 보던 어느 날이었다. 엄마가 내 잘못을 어디까지 알고 있는지 짐작할 수가 없어 괜히 그 주변만 빙빙 돌고 있었다. 그러다 엄마 마음에 들 만한 말을 해서 환심을 사 두어야겠다고 생각했다.

"엄마, 할머니는 집 청소를 제대로 안 해. 그래서 맨날 더러워! 엄마는 깨끗해서 엄마가 청소하면 집이 반짝반짝한데."

나는 그 말이 방문 밖 할머니에게까지 들릴 거라고는 상상도 못 했다. 결과적으로 난 엄마의 환심도 사지 못했고, 할머니의 가슴에 상처만 남겼다. 입이 댓 발 나온 채 혼자 방에 틀어박혀 있는 나에게 할머니가 다가와 말했다.

"아가, 할머니가 집을 잘 못 치워서 기분이 안 좋았어? 이제부터 잘 치울게."

할머니 험담을 들킨 것에 식은땀이 흘렀다. 상황을 모면하려면 거짓말을 해야 했다.

"나 그런 말 한 적 없어!"

할머니는 거짓말이란 걸 뻔히 알면서도 손녀를 토닥이며 말했다.

"그래? 할머니가 잘못 들었나 보다. 헛것을 들었나 봐."

너무나 다른 엄마와 할머니가 한집에 살면서 그래도 꼭 함께해야 하는 일이 있었다. 바로 일 년에 몇 번씩이고 돌아오는 제사와 명절 준비였다. 제사와 명절날마다 할머니, 엄마, 작은할머니들, 숙모들은 주방과 거실의 중간 지점에 모여 앉아 바닥에 신문지를 깔고 휴대용 가스버너 여러 대를 올렸다. 그다음은 몇 시간씩 기름 냄새가 날 차례였다. 두부전, 동태전, 동그랑땡, 햄이 들어가 제일 좋아했던 꼬치전까지 모든 것에 여자들의 손이 들어갔다. 목이 붙어 있는 닭을 통째로 삶고, 삶은 꼬막은 한쪽 껍데기를 떼고 양념을 올렸다.

어른들과 아이들의 밥상은 구분되어 있었다. 나는 사촌 동생들과 함께 어른들이 먹다 남긴 음식들을 먹었다. 음식이 온통 헤집어져 있는 접시를 받으면 입맛이 뚝 떨어졌다. 해가 갈수록 그게 끔찍해서 제삿날이나 명절 때마다 밥을 굶기 일쑤였다. 그날만큼 먹을 것이 풍족한 날이 없었어도 말이다. 나는 친척들이 모두 돌아가면 피자나 치킨을 시켜 달라고 졸랐고, 엄마는 그런 나를 이해한다는 듯이 말을 들어주었다. 희한한 것은 할머니를 포함한 모든 여자가 아이들과 같은 밥상에서 밥을 먹었다는 것이다. 여자들의 손이 가장 많이 들어간 음식인데 정작 그들은 깨끗하고 정갈한 음식을 먹을 수 없다니, 이 무슨 해괴한 일인가. 제사를 치르거나 명절을 쇠러 온 사람들이야 절하고, 먹고, 집에 가면 그만이지만 늦은 시간까지 뒷정리해야 하는 사람들은 또 무슨 죄인가.

남은 음식을 나누어 담고 지저분해진 바닥을 청소하고 상을 접어 창고에 넣고 제기를 닦는 뒷정리는 삼촌과 숙모 몇몇만이 함께 남아 도왔다. 이른 아침부터 일을 시작한 엄마와 할머니는 모든 사람이 집으로 돌아갈 때까지 제대로 앉지도 못하고 일했다. 동생이 태어나던 날도 엄마는 뒷정리를 다 하고 진통을 느껴 병원에 가 출산했다고 한다. 그걸 삼십 년 동안 했다. 할머니의 허리가 굽어 거동이 불편해질 때까지.

친척들이 다녀가면 난장판이 되는 집에서 나는 자주 울었다. 누군가가 내 책상을 뒤지고 소중히 여기던 것들을 몰래 가져갔단 걸 알았을 때, 책장에 끼워 놓은 내 성적표를 마음대로 꺼내 보고는 이러쿵저러쿵했다는 걸 알았을 때 분해서 견딜 수가 없었다. 엄마와 할머니에 나까지 이렇게 괴롭혀 대는 저의를 도무지 알 수가 없었다. 엄마와 할머니는 아무것도 모른 채 결혼했을 뿐이고, 나는 그냥 태어났을 뿐인데. 명절 증후군 같은 것도 생겼다. 설이나 추석이 다가오면 작은 일에도 화가 나고 불안했다. 엄마와 할머니도 비슷한 증상을 보였다.

엄마와 할머니는 동지이자 전우였다. 엄마는 할머니께 두 딸을

맡긴 것에 미안해했고, 할머니는 엄마에게 두 노인을 봉양하게 하는 것에 미안해했다. 그래서 엄마는 할머니의 의사만은 그 무엇보다 존중했고, 할머니는 두 손녀를 더 정성껏 키웠다. 또 가끔은 서로를 향한 지나친 배려로 일을 답답하게 만들기도 했다.

그러나 둘은 서로의 마음을 세심하게 살피는 것 같다가도 깊은 속내까지는 보여 주지 않았다. 진짜 엄마나 진짜 딸이 될 수 없는 사이. 가끔 그 사이에서 누구의 편을 들어야 할지 몰라 어린 나를 혼란하게 만들었던 두 사람. 나는 이 두 사람 사이에 흐르던 것을 무어라고 불러야 할지 아직도 모르겠다. '애정'이라고 이름 붙이자니 사랑의 비중이 얼마나 되었는지 모호하고, '애증'이라 이름 붙이자니 미움의 농도가 너무 옅어 어울리지 않는 것 같다. 데면데면하게 배려하면서도 일종의 비즈니스 관계를 포함하는 그런 희한한 관계였다. 나는 할머니를 향한 엄마의 마음이 서늘함에 가까운 미지근함일 것으로 생각했었다.

어느 사고 염려 전문가의 고백

나는 외출하기 전 가스, 전기 등이 안전한 상태인지 확인한다. 창문이 모두 잘 닫혀 있는지 확인한다. 불안하거나 위험한 느낌을 주는 창문은 이중창을 모두 잠근다. 오래 켜져 있을 때 문제가 될 만한 가전의 전원을 모두 끈다. 이틀 이상 집을 비워야 할 때는 위의 일을 두 번씩 반복하고, 현관문을 닫고 나간 후에도 뭔가 빠뜨린 것이 있지 않을까 다시 문을 열어 확인한다. 그러고도 찜찜해, 현관에 서서 눈으로 훑어보는 것만으로 모자라 신발을 벗고 집 안으로 들어가 마지막 점검을 한다.

거의 의식이라고 부를만한 외출 과정에 예상치 못한 사건이 한 번씩 끼어들면 그때부터 불안해진다. 한번은 냉장고 문이 잘 닫히지 않은 것을 모르고 십오 분 남짓 외출한 적이 있다. 삐삐거리는 경고음이 화재 경보음처럼 들렸다. 반찬 그릇 몇 개가 미지근해진 것 말고는 문제가 없었는데도 나 자신을 타박하는 데에 하루를 꼬박 썼다. 냉장고 문 한번 밀어보지 않고 외출했다니! 점검 항목에 냉장고 문이 추가됐다.

옷에 묻은 얼룩을 지우려고 수도를 틀었다가 잠그는 걸 잊고 반나절을 보내기도 했다. 수도를 약하게 틀어 놓은 것이 불행 중 다행이었다. 세면대에 찰랑찰랑하게 차오른 차가운 수돗물을 보면서 얼마나 자책했던지.

특히 나는 아무도 없는 집 ─내가 위험 요소를 관리하거나 해결할 수 없는 집─ 에서 벌어지는 일들에 대해 두려움을 느꼈다. 물론 99퍼센트의 확률로 아무 일도 일어나지 않았다. 집은 너무나 멀쩡하게 그 상태 그대로였지만, 그건 여러 번에 걸친 점검 절차 덕분이라고 생각했다. 그걸 거듭하는 강박적인 나날이었다.

할머니는 나이가 드니 자꾸 깜빡깜빡한다고 말했다. 밥 짓기를 숙명으로 여기던 할머니는 노쇠해진 후에도 음식을 끓이거나 삶거나 달였다. 그중 가스불을 오래 쓰는 조리는 옆에 딱 붙어 관리해야 하는데도 자주 잊었다. 반가운 전화라도 올라치면 까맣게 잊고 전화기 먼저 붙드는 것이었다.

수상한 냄새가 온 집 안에 퍼졌을 때에야 내가 황급히 부엌으로 뛰어나가 "할머니! 불! 불!"하며 가스불을 껐다. 할머니는 "어머야… 이거 어째…."했다. 나는 할머니가 계속 가스를 쓰면 언젠가는 집에 불이 날 것 같아 불안했다. 할머니가 막막한 표정으로 "이 솥단지 어떡하냐…. 이거 다 탄 거 어떡하냐…."라고 읊조리는 것을 모른 척하기도 했다.

까맣게 그을린 솥이나 냄비도 결국은 엄마와 아빠가 번 돈으로 마련한 것이었으므로 할머니는 그걸 아껴 써야 했다. 도저히 원상 복구가 불가능해 보이는 것을 할머니는 온 힘을 실어 박박 닦아 댔다. 그런 날의 기억은 탄 음식 냄새와 녹아내린 냄비 손잡이에서 나는 매캐한 플라스틱 냄새, 열어 둔 창문으로 들어오는 바깥바람 냄새 같은 것으로 구성되어 있다.

'마지막 솥단지'가 탔을 때 할머니는 거의 울 듯한 표정이 되어 있었다. 그때의 나는 할머니보다 덩치도 크고 힘도 세어져 있었는데도 어깨를 들썩이며 한 시간 넘게 그을음을 지우고 있는 할머니께 대신할 테니 쉬라는 말을 하지 않았다. 지금도 깊이 후회하는 일이다. 이후로 할머니는 가스레인지를 거의 쓰지 않았고, 가스불을 오래 써야 하는 조리는 아예 하지 않았다. 그렇게 할머니는 평생 붙들어 온 일을 놓음으로써 노화를 인정하기 시작했다. 나라면 속 시원해했을 텐데 할머니는 늘 동동거렸다. 일하고 돌아온 며느리가 저녁 식사까지 준비하는 것을 보며 "저걸 내가 해 놔야 하는데 어쩌냐."라며 안절부절못했다. 그러면서도 손녀에게 엄마 대신 주방일을 하라는 말은 하지 않으셨는데, 그건 또 할머니 의중대로 해 드려야 한다며 손 하나 까딱하지 않던 내가 너무 원망스럽다.

할머니는 할아버지 밥만이라도 챙겨야겠다며 냉장고에 있는 반찬 통을 그대로 꺼내 놓고 밥상을 차렸다. 할머니가 만들지 않은 할머니의 밥상. 할아버지는 다 먹고 난 그릇을 수돗물에 스치듯 흔들며 설거지했다. 두 사람의 식사 자리가 끝나면 음식물 찌꺼기가 그대로 묻어 있는 그릇들이 선반에 즐비했다. 그 또한 노화의 흔적이었고, 나는 강제로 마주하는 노화의 흔적이 질리고 슬펐다.

할아버지는 제멋대로 사는 것이 특기인 노인이었는데 쑥뜸을 그렇게 좋아했다. 쑥을 태워 그 김을 쐬면 건강해진다고 믿었다. 할아버지는 주로 아파트 베란다에서 분유통 크기만 한 깡통 안에 쑥을 넣고 불을 붙여 태웠다. 쑥을 태우는 냄새는 담배 태우는 냄새와 비슷하다. 집 안쪽에서 냄새가 감지될 때마다 나는 미쳐 버릴 것만 같았다. 층간 소음으로 살인까지 벌어지는 요즘 시대에 돌아보면 아찔하기 그지없는 일이었다. 냄새로 인한 이웃 간 분쟁까지 갈 필요도 없이 공동 주택에서 뭔가를 태우는 것 자체가 상상할 수 없는 일이다. 할아버지는 심지어 알코올램프 같은 것을 구해 와 엄마가 거금을 들여 깔아 놓은 마룻바닥 위에서 쑥을 태우기도 했다. 인생이 너무 무료하면 뭔가 실험을 하고 싶어지는 걸까? 젊어서 발휘하지 못한 탐구 정신이 그런 식으로 발현되는 걸까? 나는 그 모든 행위를 전혀 이해할 수 없었다. 쑥 태우는 일을 엄마와 아빠가 출근했을 때 행한 건, 환영받지 못할 일이라는 걸 할아버지도 알고 있었기 때문일 거다. 그 사이에서 가장 난처했을 이는 할머니였을 거고. 노부부가 지내던 방은 베란다 바로 옆에 있었으므로, 할머니는 쑥뜸 깡통에서 피어오르는 연기를 대책 없이 마셨다. "저 냄새 때문에 머리가 아프다. 머리가 너무 아프다…" 할머니는 그렇게 말하다가도 내가 할아버지에 대해 투덜거리기라도 할라치면 "그래도 쑥이라 몸에는 좋다. 나쁜 거는 아니다."라고 말을 바꾸었다.

내가 매일 전기며 가스를 점검하고 잠자리에 들어도, 할머니는 가스불 끄는 일을 잊고 할아버지는 쑥을 태웠다. 내가 제거한 위험 요소들은 그분들에 의해 다른 방식으로 더해졌다. 튼튼하고 고집 센 자아를 가진 여럿이 함께 모여 살아 다소간 위험한 일이 생겼지만, 내겐 그걸 해결할 능력이 없었다. 가족과 함께 사는 삶에는 어느 정도의 포기가 깔렸다. 강박을 교정할 수 있는 최고의 수단은 포기였다. 내가 집착하는 것들이 실은 의미가 없고, 내가 타인과 엮여 사는 한 꾸준히 그럴 것이라는 포기.

에라 모르겠다, 하는 심정으로 차츰 강박적인 외출 점검을 놓아 갔다. 증상이 다시 돌아온 것은 독립하면서부터였다. 그래도 이것저것 점검하면서 동동거리는 정도가 좀 나아졌는데, 이것은 나이 듦이 주는 축복이었다. 할머니만큼 나이가 들면 더 무던해질까. '노파심'이라는 단어는 필요 이상으로 걱정하고 염려하는 늙은 여성과 같은 마음을 뜻한다는데, 그것도 어느 시점이 지나면 흐릿한 걱정이 되나 보다. 아직 그만큼 나이 들지 않은 나는 정확히 알 수 없다.

지금 내게도 나이 듦의 흔적이 속속 보인다. 그중 하나가 물건을 어디에 두었는지 자주 잊는 것이다. 수납 바구니를 여러 개 사서 늘어놓고는 그 위치를 까맣게 잊는 일이 생긴다. 외출할 때 쓰는 가방을 바꾸면서 신용 카드나 지갑, 휴대폰을 예전 가방에 고이 넣어 두는 바람에 난처한 일도 많았다. 하필 그런 일은 물건 계산대에서 발견되곤 한다.

할머니처럼 가스불을 오래 켜 두기도 한다. 재료를 굽기 전에 예열한답시고 잠시 프라이팬을 가스레인지 위에 올려놓았다가 잊고는 다른 식재료를 손질하는 것이다. 프라이팬이 불에 달구어져서 나는 냄새나 열기를 알아채자마자 나는 누구보다도 빠르게 가스레인지 쪽으로 몸을 날린다. 오래 삶거나 달이는 조리법에는 도전해 볼 의지가 없지만 무슨 바람으로라도 그걸 해 보게 된다면, 나 또한 할머니처럼 솥단지를 까맣게 태울지도 모르겠다.

나의 이십 년 후를 상상할 수 있었다면 어땠을까 생각한다. 사람이 영원할 수 없다는 명제를 이해하고는 있어도, 나 또한 쇠퇴해 가리란 것까지 알지는 못했던 것 같다. 할머니를 많이 사랑했다고 자부하지만, 잔잔한 일상을 불쑥 침범하는 어떤 것들에, 대개는 노화의 증거였을 그것들에 무척 예민하게 굴었다. 그것은 할머니의 일이지 내 일이 아니라고 생각했다. 사랑이란, 말하는 건 무척 쉽고 실행하는 건 무척 어려운, 복잡한 것이 아닐 수 없다. 내가 자부하던 사랑 중 할머니께 정말 가 닿았던 사랑은 어느 정도 크기였을까. 할머니는 아무래도 괜찮다고 나를 토닥여 주실 테지만 말이다.

롤러스케이트와 스키,
그리고 큰사람

할머니가 내게 품은 가장 큰 소원은 '큰사람이 되는 것'이었다. 그것이 가진 진짜 의미는 몰랐지만, 그래도 할머니에게 늘 듣는 말이었으므로 학교에서 선생님이 발표라도 시킬라치면 '큰사람이 되겠다'라는 말을 곧잘 인용했다. 그러면 기특한 생각을 한다며 칭찬을 많이 받았다.

할머니는 아주 솔직히는, 딸로 태어난 나를 서운하게 여기셨던 것 같다. 딸로 태어나 받게 될 차별이나 한계 같은 것들을 자꾸 떠올렸기 때문이리라. 할머니는 한글 정도만 읽고 쓸 줄 아는 무학의 노인이었다. 하나 있는 딸에게도 제대로 공부할 기회를 주지 않고 남자 형제들의 뒷바라지만 시켰다. 그래서인지 '요즈음 세상'에 태어나 촘촘한 교육을 받지 않을 리 없는 나에게 할머니는 꾸준히 큰사람 이야기를 했다. 할머니는 내가 남들보다 공부를 많이 하는 사람이 되기를 바랐을까? 할머니의 속내를 제대로 헤아릴 수 없었다.

더 자라서는 큰사람이란 것이 아주 외향적인 사람, 하는 행동 하나하나가 겉으로 크고 명확하게 드러나는 사람일지도 모르겠다고 생각했다. 할머니는 여자가 하면 흉하다고 여겨지던 행동들에 그게 뭐 어떠냐며 반문하곤 했다. 그래서 내가 몸짓이 크고 괄괄한 어린이가 되면 할머니의 기대를 충족할 수 있지 않을까 생각했다. 여자아이의 특성으로 여겨지는 것들 -긴 머리카락에 조심스러운 태도, 타인을 잘 챙기고 꼼꼼한 성격- 을 내가 의심 없이 따르지 않기를, 태어난 성별 그대로의 여자아이로 자라지 않기를 바라신다고 생각했다.

할머니는 내가 태권도장에 다니는 것을 무척 좋아했다. 소리를 꽥꽥 지르거나, 팽이처럼 빙빙 돌거나, 번개처럼 돌진하여 달리는 것도 좋아했다. 다른 사람 눈치 보지 않고 큰 소리로 떠들거나 일부러 우스꽝스러운 몸짓을 하는 것도 좋게 봐 주었다. "여자애가 기차 화통 삶아 먹은 소리를 낸다.", "말만 한 처녀들이 요란스럽게 군다."라며 핀잔을 들을 때가 많았지만 할머니만은 그런 나를 좋아해 주었다.

큰사람의 정의가 그런 것이라면 기꺼이 이룰 수 있겠다고 생각했다. 할머니가 크고 부산스러운 행동을 왜 좋게 보았는지 아직도 난 모른다. 그저 타고난 성별로 인해 당신이 하지 못한 일에 아쉬움이 있어서라고밖에. 할머니는 내가 새로 산 예쁜 원피스를 입거나 큰 리본이 달린 귀여운 모자를 쓰면 그건 그 나름대로 좋아하셨으니, 손녀가 하는 일이라면 무작정 좋아하셨던 것 같기도 하다.

할머니는 거리낌 없이 스포츠를 즐기는 내 모습도 좋아했다. 태권도 학원에서 몸 쓰는 것에 익숙해지자 가족에게 롤러스케이트를 선물 받았다. 롤러스케이트는 당시 잘 나가는 초등학생의 필수품이었기에 나는 그걸 탈 때마다 즐거웠고, 할머니는 그걸 타는 내 모습을 보고 무척 즐거워했다. 롤러스케이트를 신고 공터를 누비고 있으면 할머니는 멀찍이서 지켜보며 가끔 "잘 탄다.", "멋있다."라는 식으로 추임새를 넣으며 응원해 주었다.

그러나 몸을 다칠 수도 있는 스포츠를 즐기는 것과 진짜 다치는 건 별개의 이야기였다. 어느 날, 한쪽 발에 롤러스케이트를 꿰고 일어서다가 균형을 잃고 넘어졌다. 바퀴가 제멋대로 앞으로 나가 버린 것이다. 보호 장비도 없이 바닥에 손을 짚었고 곧 엄청난 통증이 밀려왔다. 할머니는 넘어진 내게 다가와 손목을 호호 불어 주고 꾹꾹 눌러 마사지를 해 주었다. 그 처치는 이런 말로 끝났다.

"무슨 엔장맞을 로-라 스케트가 이 모양이냐! 이거 다 갖다 버려라!"

바퀴가 달렸기에 그 용도대로 굴러갔을 뿐인 롤러스케이트가 한순간 '엔장맞을 것'이 되어 버렸다. 골절이나 염좌였다면 가당치도 않았을 재래식 처치였지만, 통증은 신기하게도 금세 가라앉았다. 할머니의 말은 어린아이를 달래고자 일부러 연기를 섞은 톤이 아니었다. 진심으로 그 물체를 매섭게 타박하는 듯한 그 말투가 지금도 귓가에 들리는 듯하다. 할머니는 그런 사람이었다.

조금 더 키가 크고 나서는 스키를 배웠다. 그해에는 일가친척 사이에 스키 붐 같은 것이 일어서 자녀들을 스키 캠프에 보내거나 관련 장비를 사 모으는 일이 흔했다. 도무지 어울리지 않는 요란한 형광색이 뒤섞인 스키복과 방한 고리바지가 내 것으로 주어졌다. 초보자니까 해지거나 찢어져도 괜찮을 것을 입자는 취지로 저렴한 것을 골랐기 때문이다. 그걸 입고 스키 캠프에 참석했던 나는 이 스포츠가 생각보다 할 만하다는 것에 무척 만족하고 있었다. 당시 아빠 형제들끼리 매우 끈끈하게 교류했던 터라 명절을 제외하고도 대규모의 친척 모임을 자주 했는데, 그 해를 전후해서는 삼삼오오 모여 스키장으로 나들이하는 일도 몇 번씩 있었다.

할머니의 생신은 한겨울에 있었다. 친척들이 모두 모일 기회가 생기자, 누가 제안했는지 스키장 리조트 방을 빌려 1박 2일의 생일 잔치를 열자는 말이 나왔다. 겨울 스포츠에 흠뻑 빠진 친척들은 단숨에 수락했다. 한겨울, 온 친척이 스키 물품을 차에 싣고, 살던 지역에서 꽤 멀리 떨어진 리조트까지 이동했다. 리조트 지하에 있는 어린이 게임장에서 사촌 동생들과 시간을 보내는 것이 특히 즐거웠다. 맛있는 밥을 먹고 스키를 타고 사촌들과 군것질하며 게임을 몇 판 즐기다가 저녁에는 노래방 코스로 하루를 마무리하는 이상적인 일정이었다. 어른이고 아이고 각자의 이유로 한껏 들떠서 이 모임의 진짜 이유를 까마득히 잊은 것을 빼면.

사람들은 이 자리가 할머니를 위한 자리임을 잊은 것 같았다. 할머니는 스키를 못 탔다. 몸이 약한 할머니가 스키를 즐길 수 있을 리 없었다. 할머니는 차에 실려 와 난생처음 본 설원에 어리둥절해 서 있다가, 케이크와 축하를 받고 또 어리둥절하게 설원을 구경하는 것밖에 할 수 있는 게 없었다. 모두의 관심사는 스키 슬로프에 집중되어 있었고 할머니는 그다음이었다.

나는 그런 것을 생각도 하지 못한 채 눈을 지치며 내려왔다. 초보용 슬로프 옆 높은 산책로에 할머니가 서 있는 것을 보았다.

까르르 웃으며 비탈을 내려오는 손주들을 할머니가 바라보고 있었다. 손을 휘휘 저어 인사하자 할머니도 응답했다. 나는 할머니가 완벽하게 좋아하는 모습을 보여 주고 있다고 생각했다. 빠르고 요란하고 다소 위험한 활동. 이쯤이면 나는 큰사람에 가까워졌을까.

그때는 할머니의 만족한 얼굴을 보았다고 자신했다. 그러나 지금 해석하는 그 얼굴은 서운함에 가깝다. 돌아오는 길에는 모두가 지쳐 있었고 피곤함 때문에 조금씩 짜증이 나 있었다. 할머니는 어떤 해에 "이제 생일이 나한테 무슨 소용인가 싶다."라고 말했었다.

유년기가 지나고 청소년기를 보내며 '나'에 대해 오래 생각했다. 나는 아무래도 활동적인 스포츠보다는 책을 읽거나 글 쓰는 활동을 더 좋아하는 것 같다는 결론을 내렸다. 본격적으로 학업에 매진하게 되며 운동을 포함한 예체능 취미들을 서둘러 정리했다. 책상 앞에 앉아야 하는 시간이 더 길어졌지만, 오히려 그편이 내게 맞춤한 듯 편하게 느껴졌다.

스포츠는 응원이나 시청하는 것에조차 별 흥미가 가지 않았다. 처음에 할머니는 롤러스케이트나 스키나 수영 같이 당신이 선호하는 활동을 내가 하지 않는 것에 무척 안타까워했다. 하지만 결국, 손녀의 기질을 받아들이고는 더욱 열렬히 응원해 주었다. 거기에 덧붙은 말은 여전히 '큰사람이 되면 된다'라는 주문이었다. 손녀가 큰사람이 되길 바라는 걸 포기했다고 생각했는데 그게 아니었다. 큰사람이란 내가 생각했던 것보다 더 큰 의미가 있는 단어임이 분명했다.

급격히 말수가 적어진 나는 집에 오면 늘 방에 들어가 문을 닫고 혼자 있곤 했다. 할머니는 이런저런 이야기를 나누고 싶어 자주 나를 찾아왔다. 그러나 닫힌 방문을 살짝 열기만 해도 날카롭게 반응하는 손녀 앞에서 입을 떼지 못하고 돌아갔다. 그래서 나는 큰사람이 되라는 말을 더는 내 귀로 듣지 않게 됐다. 성적 잘 받아 좋은 대학에 가려는 목표나 친구들 틈에서 따돌려지지 않고 안전할 방법만 생각하고 있었으므로 큰사람이 대체 무엇인지 생각할 여유도 없었다.

이제야 다시 그 궁금증을 꺼내 본다. 큰사람이 되라는 것이 정확히 무엇이었는지, 하는. 할머니는 남을 속이지 말라고 했고 무슨 일이든 성실히 하라고 했다. 해야 할 일은 제대로 해야 하지만 너무 힘들면 그만두라고도 했다. 그리고 할머니는 늘 가족을 멀리서 지켜보는 것을 몸소 보여 주었다. 사랑하는 손녀가 되어야 할 어떤 인간상 같은 것을 꾸준히 보여 주었다. 할머니는 말보다는 행동으로 내게 가르침을 주는 분이었으니까. 살아 계신 동안 직접 묻지 못했지만, 그 답은 이미 들었다고 생각한다.

　할머니는 마치 주문처럼 당신의 소망을 몇 번이나 속으로만 되뇌었을 것이다. 그리고 그 소망은 마지막으로 입원하기 전날까지 계속된 새벽 기도에서도 이어졌을 것이다. '손녀가 큰사람 되게 해 주세요, 큰사람 되게 해 주세요.' 하고. 나름대로 세상을 겪고 회복하고 일어서 본 지금까지도 그 말이 내 마음에 새겨져 있는 것을 보면 말이다. 그 말 앞에 부끄럽지 않게 살고 싶다는 소망 또한 할머니가 남긴 것일 테고.

그 사이의 자리

"네가 아들로 태어났으면 얼마나 좋았겠냐."

어렸을 때부터 밥 먹듯 들어온 말이다. '형제 많고 친척 많은 일가의 장손으로 태어나는 건 현대 사회에서 득보다 실이 많을 텐데요'라고 웃으며 받아쳤으면 좋았겠다고 생각한다. 이제야 하는 생각이다. 과거의 나는 그걸 들을 때마다 사고가 마비되곤 했으니까.

나는 그 말을 먼 친척 어른들에게서도 들었다. 그들은 한탄이라고 말했지만, 나에게는 모종의 비난처럼 들렸다. 그래서 대체 어떻게 하라는 건지. 그건 누구의 힘으로도 어떻게 할 수 없는 일이다. 상황을 빨리 끝내려면 잽싸게 그 자리를 피해 도망가거나 머리를 비우고 헤헤 웃는 방법밖에 없었다.

할머니의 아들 타령과 할아버지의 아들 타령은 좀 다르게 다가 왔다. 할머니는 아들을 낳아야만 존재를 인정받을 수 있다고 생각 하는 분이었기에, 당신의 말에는 나나 엄마를 염려하는 마음이 더 묻어 있었다. 할머니에게 이것은 매일 밖을 살피며 비가 오면 어쩌나 눈이 오면 어쩌나 하는 걱정과 다르지 않았다. 그러나 할아버지 의 아들 타령은 달랐다. 할아버지의 중심은 자신과 족보에 있었다. 진지하게 '대가 끊기는 것'을 걱정했다. 할아버지가 아들 타령을 할 때마다 나는 내 존재가 모조리 부정당하는 느낌을 받았다. 할아버 지가 한 것은 오랜 괴롭힘이었다고 생각한다.

할아버지는 회갑 때 온 친척을 동원하여 큰 잔치를 벌였다. 큰 형님이 생신을 맞았다는 소식에 전국 각지에서 친척들이 몰려왔다. 도저히 그 호칭을 다 외울 수 없는 여러 사람이 모였는데, 신기하게 도 그들은 모두 내 이름을 알았다.

그날 며느리들은 색깔을 맞춘 한복을 입고, 막냇삼촌의 예비 신 부만이 깔끔한 투피스 정장을 입었다. 난 제일 세련된 그 언니가 좋 아서 얼른 나의 숙모가 되었으면 좋겠다고 생각했다. 사회자의 능숙 하고 구수한 진행에 따라 절차가 이어졌고 자녀들이 술을 한 잔씩 올리는 순서가 됐다. 아버지 형제 중에서는 장남인 아빠가 대표로 술을 올렸다. 다음은 손주들 중 한 명이 앞으로 나갈 차례였다. 사회자가 눈으로 쓱 훑어 살피더니, 나보다 어린 사촌 남동생을 앞으로 불러 세웠다.

"자! 손자가 한 잔 올리시게!"

장남의 첫 자녀였지만 딸인 나는 술을 올릴 자격이 없었던 거다. 걸음마 하는 아기 때부터 할아버지와 함께 살아왔기에 당연히 그 주인공이 될 줄 알았던 나는 어리둥절했다. 어른들은 모두 저런 건 당연히 여자애 말고 남자애가 하는 거라고 했다. 그게 어찌나 서운하던지.

'할아버지는 원래 그랬는데 뭘. 할아버지의 큰 잔칫날, 특히 친척 어른들이 모두 모이는 자리에서 나는 꼭 뒷줄에 서 있어야 하는 거야. 나는 앞으로 할아버지한테 술도 따라 드리지 않고 노래도 불러 드리지 않을 거야.'

어린 나는 생각했다.

동생이 유치원생이 될 때까지도 할아버지의 아들 타령은 끊이지 않았다. 둘째까지 딸로 태어나자 할아버지는 마음이 조급했던 것 같다. 그맘때쯤 할머니는 의미 없는 아들 타령을 관두고 두 손녀를 소중히 키우는 방식으로 매일매일을 일구고 있었다. 두 손녀가 '여자라서 배우지 못하는 일'은 없을 거라고 드디어 확신하셨던 듯하다. 더불어 나와 동생은 어느 집에서 멀쩡한 아들을 데려온다고 해도 대체할 수 없는 존재가 되었으니 그 관계 속에서 평안을 얻고 계셨던 것 같다.

할아버지는 은근히, 또는 대놓고 엄마에게 셋째 낳을 것을 강요했다. 부부가 결정해야 할 일에 마치 당신도 선택권이 있는 것처럼 굴었다. 하지만 엄마는 그런 강요에 굴복할 만큼 유약한 사람이 아니었다. 은근히 말하면 은근히 거부했고 대놓고 말하면 무시하는 식으로 대처했다. 강 대 강의 대립이 계속됐다. 그러던 중 사건이 벌어지고 말았다.

내가 초등학교에 입학할 무렵 우리 대가족은 아파트로 이사했다. 4인 가족이 쾌적하게 살 수 있는 평수의 아파트였지만, 삼촌들을 포함한 여덟 명 정도가 방을 쪼개고 나누어 복작복작하게 살았다. 엄마는 새로 이사한 집에 여럿이 앉을 수 있는 큰 소파와 일인용 회전안락의자를 들여놓았다. 소파는 머리를 받치는 부분이 넓어서 밟고 올라가 거실 이쪽저쪽을 뛰어넘어 다닐 수 있었다. 나는 작은 체구로 책상 선반이나 소파 모서리 같은 데를 밟고 넘어 다니는 기행을 자주 부렸다. 할머니는 손녀가 미끄러져 다칠까 봐 겁을 냈지만 내게는 즐거운 장난이었다.

사건이 벌어진 날은 할아버지가 술에 잔뜩 취해 집에 돌아온 날이었다. 그는 만취할 때마다 독립한 자녀들이나 친척들에게 전화를 돌려 이번 선거에서 몇 번을 찍어야 한다는 말이나 특정 정치인을 향한 비난 또는 공치사를 했다. 그러나 그날의 표적은 안타깝게도 엄마가 되고 말았다. 어미 나오라는 불호령으로 엄마는 퇴근 후 제대로 쉬지도 못한 채 호출됐다. 할아버지는 회전안락의자에 앉아 있었고, 머리를 젖혀 기댄 자세가 마치 그림책에서 보던 어느 나라 황제 같았다.

"셋째 낳아라. 아들 낳아라."

"저는 우리 애들 둘이면 충분합니다."

"어른이 낳으라면 낳아야지! 아들이 있어야 하는 거다!"

"낳을 생각이 없어요."

"딸만 둘이면 당연히 아들을 낳아야지! 말이 되는 소리를 해라!"

나는 끝없이 되풀이되는 대화에 공포를 느끼며 불안정하게 소파 모서리를 밟고 뛰어다녔다. 이쪽으로 가면 엄마가 있고 저쪽으로 가면 할아버지가 있는 좁은 거실을 수차례 움직이며, 내가 얼른 이 대화를 끝내 버릴 수 있기를 바랐다. 할머니가 늘 걱정하던 대로 획 미끄러져 거실 한가운데로 떨어져 버리면 두 사람이 하던 말을 멈

출까. 그러나 수십 번 반복된 연습으로 단 한 번의 실수도 하지 않음으로써 그런 일은 일어나지 않았다.

대화가 길어지자 누군가의 명령으로 나는 방에 들어가 있어야 했다. 그리고 할아버지는 말이 통하지 않는 엄마에게 고성을 질렀고, 엄마는 꺾이지 않고 두 자매로 자녀 계획을 마무리했다고 한다. 이후 할아버지는 방으로 돌아가 한참 화를 내다 금세 곯아떨어졌다고 한다.

엄마는 분을 삭이며 나를 보러왔다. 평소보다 격앙된 상태로 책을 읽어 주었는데, 그때 할머니가 찾아왔다. 할머니는 할아버지가 화를 터뜨릴 때마다 벌벌 떠는 사람이었다. 할아버지가 자식 여럿을 가부장 앞에 복종하는 사람으로 키워 낸 방법은 때리고 윽박지르는 방식의 공포 정치였다. 그런 할아버지 앞에서 가부장제의 가장 밑바닥에 있는 며느리가 반기를 들었으니 그 시간 또한 할머니에게 지옥 같았을 거다. 분이 풀리지 않은 할아버지가 만만한 당신에게 쏟아내는 고성도 견뎌야 했을 것이다. 그 불똥이 어디로 튈지 몰라 두려움에 며칠 밤잠을 설칠 것이다. 할머니께 주어진 자리는 거기였다. 화난 할아버지와 공격받은 가족들의 사이. 할아버지를 진정시키고 다른 가족을 토닥여야 하는 자리.

할머니는 엄마에게 조심스럽게 말을 건넸다.

"서운하지…. 그래도 아버지한테 그러면 안 된다…."

할머니는 오래 고민했을 것이다. 이 난리를 어떻게 조율할 수 있을지를. 누구에게 고개를 숙여달라고 부탁하며 고개 숙여야 할지를. 엄마는 울먹였다. 할머니의 말 한마디에 엄마의 마음이 무너져 내리는 것을 보았다. 엄마는 할머니의 처지와 마음을 모두 알고 있었다.

"내일 아버지한테 죄송하다고 해라…. 내가 미안하다."

할머니가 속으로는 거의 울고 있었다는 걸 나는 안다.

"내가 미안하다. 그래도 아버지한테 그러면 안 된다…."

엄마는 울었고 할머니는 계속 미안하다고 했다. 나도 우는 엄마를 보면서 함께 울었다. 그날 그 방에서 우리 여자 셋은 몸으로 마음으로 눈물을 흘렸는데, 그 눈물의 의미가 같은 결이었다는 것도 나는 알았다.

할머니의 손님

'밤손님'이라는 말이 있다. 물건을 훔치러 온 도둑을 밤에 몰래 찾아온 부정한 손님이라고 비틀어 표현한 말이다. 다행히 밤손님을 맞닥뜨려 본 적은 없다. 내가 물건을 잃어버린 데도 그건 누군가의 악의에 의해서라기보다는 정신없이 사는 바람에 그런 경우가 더 많았다. 다만 정말로 '몰래 온 손님'을 만난 적은 있다. 왔는지도 모르게 잠시 왔다 간 사람, 당당히 오지 못하고 오래 머물지도 못한 채 슬그머니 왔다 가야 했던 사람 말이다.

할머니를 몰래 방문하는 사람이 있었다. 돈 없는 노인들의 치아를 봐주는 '야매' 기술자였다. 큰 가방을 들고 출장을 다니던 야매 아저씨는 일 년에 두어 번씩 우리 집에 왔고, 주로 할아버지와 연락하여 방문했다. 그는 늘 할아버지의 이를 먼저 봐주고, 이어서 할머니의 이를 봐주는 순서로 일을 진행했다. 할머니는 창가에 앉아 조명등 대신 자연광이 입속을 잘 비출 수 있게 머리를 젖히고는 했는데, 머리를 지지할 어떤 것도 없이 벽에 등만 기대어 앉아야 했다. 기술자는 날카롭거나 둔탁한 기구들을 가방에서 꺼내어 할머니 입속에 넣었다. 가끔 할머니가 "아!" 하고 소리를 지르면, 할아버지가 웬 엄살이냐며 참으라고 타박했다. 하교하고 집에 왔을 때 그 아저씨가 보이면, '조금 후엔 뭔가를 뜯거나 찍어 내리는 듯한 소음이 들리겠구나.' 하고 생각했다. 집 앞 치과에 가면 되지 왜 아저씨를 부르는지, 할머니도 치과가 무서운가 하고 순진하게 생각했다. 수입이 없는 두 노인에게 치과에서 요구하는 치료비는 어마어마하게 다가왔을 것이다. 그걸 매번 자식들에게 손 벌릴 수 없었기에, 비슷한 처지의 노인들로부터 수소문하여 부른 사람이란 걸 그때는 생각하지 못했다. 할아버지는 야매 기술자가 여느 치과 의사 못지않게 손이 정교하다면서 칭찬했다. "치과 가서 비싼 돈 쓰지 말고 너도 한번 받아 보라."라며 손녀에게 권할 정도였으니 그 칭찬은 백 퍼센트 진심이었을 거다.

사람은 생존을 위해서 밥을 먹어야 하고, 밥을 먹으려면 치아가 필요하다. 그러나 치아는 노화와 함께 상해 가고, 고치려면 돈이 많이 든다. 돈이 필요하면 돈을 벌어야 하지만 노화한 사람들이 바깥에서 할 수 있는 일은 흔치 않다. 전선에 선 듯한 모습으로 삶을 꾸려 가는 자식들에게 매번 손을 벌릴 수도 없는 노릇이다. 그래서 할머니와 할아버지는 나름대로 방법을 찾은 셈이다.

할머니는 유지하던 치아가 많이 빠져 틀니를 맞출 때가 되어서야 아들들의 도움을 받아 치과 전문의에게 갔다. 할머니는 자식들에게 부담될 것 같은 일들을 감추어야 한다고 생각했던 것 같다. 그 덕분인지 자식들은 돈에 한창 허덕일 시기를 무사히 살아내고, 어느 정도 경제적인 여유를 찾고 나서는 늙은 부모님을 위한 형제 계를 열어 돈을 모았다.

틀니를 뺀 할머니 입은 '옹'하는 모양새로 오므라졌다. 유리컵에 담가 놓은 틀니가 만화 속 괴짜 과학자의 연구실에 놓인 실험 표본처럼 보였다. 그걸 입속에 끼우는 장면도 신기했다. "할머니, 그거 다시 해 봐." 내가 장난스럽게 요청하면 할머니는 딱 한 번씩만 더 보여 주었다. 할머니는 틀니 때문에 산해진미를 먹어도 그 맛을 모르겠다 했지만, 그와 함께 위장 기능이 약해져 애초에 그런 것을 맘껏 먹을 수 없었다. 몰래 방문하는 기술자 대신 전문의의 도움을 받아야 할 때가 오고 만 것이다.

또 한 사람이 있다. 우리 집에 조용히 들렀다가 조용히 떠난 할머니의 손님이자, 할머니의 친언니다. 할머니에게 형제자매가 여럿 있다고 듣긴 했지만, 한 번도 만나지 못해 얼굴조차 알 수 없는 사람들일 뿐이었다. 그중 한 분을 그날 만나게 된 것이다.

이모할머니는 그림책에서 본 것 같은 복장을 하고 있었다. 뒤통수에 조그맣게 쪽을 지어 고정한 희끗희끗한 머리, 소재를 정확히 알 순 없지만 생기기로는 무명옷처럼 보이는 상의와 편안한 고무줄 바지. 할머니와 이모할머니는 누가 들을세라 조용조용히 대화했다. 나는 그분들께 그다지 위협적인 존재도 아니었을 텐데, 그저 우리 집에 온 손님을 호기심 어린 눈으로 바라보고 있는 아이였을 뿐인데도 말이다. 할머니와 이모할머니의 대화는 예전에 알던 사람 이야기, 친척 누가 죽었다는 이야기 등 내가 엿들어 봤자 오래 기억도 못 할 이야기였다. 이모할머니가 소파에 앉아 있는 동안 할머니는 나와 동생의 간식을 준비하거나 거실을 치우거나 하면서 다소 정신 없는 대화를 이어갔다. 두 사람은 뭔가에 쫓기듯이 그 시간을 압축적으로 보내고 있었다.

할머니는 이모할머니의 이름이 '박 씨'라고 했다. 할머니가 그동안 언니를 만나지 못해 이름을 잊었나 보다고 생각했다. 할머니는 단연코 이모할머니보다 신식의 노인이었다. 까맣고 뽀글뽀글한 머리에 금테 돋보기안경을 쓰고 자글자글한 반짝이가 붙은 화려한 티셔츠를 입은 할머니는 이모할머니와 전혀 다른 세대의 사람처럼 보였다.

이모할머니는 우리 집에 오래 있지 못하고 할아버지의 귀가 시간 전에 떠났다. 늙은 동생을 보겠다는 목적 하나만으로 먼 지역에서 우리 동네까지 찾아왔다면, 들인 시간에 비해 터무니없이 짧은 만남이었을 것이다. 나는 어른이 된 후에도 동생과 가까운 곳에 붙어 살고 싶다고 생각했다.

할아버지가 엄마와 아빠의 귀가 전에 여러 실험이나 작업 같은 것들을 마치고자 한 것과 같은 이유로, 할머니는 할아버지가 귀가하기 전에 개인적인 일들을 마치곤 했다. 그러나 어린아이들에게 완전한 비밀은 없는 법이라, 몇몇 일들은 나나 동생에 의해 만천하에 드러나곤 했다. 어릴 때는 물론이고 지금 생각해도 할머니의 언니가 집에 들른 일을 비밀에 부칠 이유가 없다. 만약 동생이 집에 온 나를 황급히 쫓아낸다면, 한동안 삐져서 동생과 말도 하지 않을 것 같았다.

"엄마, 할머니 언니가 왔었는데 금방 갔어."

"할머니한테 언니가 있었어?"

"응, 할머니네 언니라고 했어."

엄마한테 털어놓고 나니 그분이 할머니의 친언니가 맞는지도 헷갈릴 지경이었다. 그리고 이후에 이모할머니를 보는 일은 없었기에, 그 얼굴과 목소리를 떠올릴 수 없게 되어 버렸다. 할머니로부터 '언니'라는 단어를 들은 것은 그로부터 한참 후였다. 할머니의 언니가 돌아가셨다고 했다. 할머니는 이모할머니가 앉았던 소파에 걸터앉아 있다가 예고 없이 울음을 터뜨렸다.

"평생 고생만 하고. 그렇게 죽어 버리네…"

울음소리와 뒤섞여 알아듣지 못할 말들이 이어졌다. 그러나 애도의 시간이 오래 이어지지는 않았다. 할머니는 누가 들을세라 울음을 멈추고 다시 부엌일을 하러 갔다. 어떻게 저렇게 순식간에 울음을 그칠 수 있는지 신기할 따름이었다. 슬픔을 짧게 토해 버린 후 일상을 살러 가는 할머니를 보며, 나와 할머니 또한 이런 식으로 이별할 날이 올 것을 다시 떠올렸다.

할머니는 애통한 울음을 칼로 자른 듯 끊어 버렸다. 책이나 드라마에서 보는 죽음은 주변 사람을 오래 울게 하던데, 이런 식의 '종료'도 가능한 건가 싶어 의아했다. 나는 "할머니도 언젠가는 돌아가시잖아."라는 말을 들으면 갑자기 숨이 턱 막히고 아무 말도 할 수 없다가 눈물을 쏟는 아이였다. 할머니와 이모할머니는 거의 만나지 못하여 오랜 정을 쌓지 못했을 거다. 도둑처럼 왔다가 황급히 떠나야 했던 이모할머니와 할머니가 함께 나눈 감정이 얼마나 될까 생각하며 그럼 이제부터 나는 할머니를 후회 없이 사랑해야 할까, 아니면 점점 메말라 가야 할까 고민했다.

"엄마, 할머니 언니가 돌아가셨대. 할머니 엉엉 울었어."

"아이구···. 오래 사신 노인이 돌아가셨는데 왜 그렇게 우셨대."

할머니가 그리 오래 운 것도 아닌데 엄마는 그렇게 말했다. 아빠가 가족 대표로 이모할머니의 빈소에 조문을 가기로 했다. 할머니는 함께 가자는 아빠의 제안을 거절했다. 언니의 영정사진도 보지 않은 할머니가 어떤 식으로 이별을 치르고 그 감정을 정리했을지 궁금하다. 그걸 물었다면 차분하고 말끔한 종료 의식을 배울 수 있었을 거지만, 그랬다 해도 할머니와의 이별에 적용하지는 못했을 것 같다.

키운 보람이 있는 손녀

내게 필요한 것들을 할머니가 채워 주었듯, 나도 할머니께 필요한 것들을 채우려 애썼다. 할머니가 할 수 있는 일은 점점 줄어들었지만 내가 할 수 있는 일은 그만큼 늘어 갔기 때문이다. 할머니께 키운 보람이 있는 손녀가 되고 싶었다. 할머니를 위해 할 수 있는 일이 생길 때마다 망설임 없이 움직였다.

할머니에게도 사회생활이 있어서 노인정이며 성당이며 사람이 많은 곳에는 늘 할머니의 자리가 하나씩 마련되어 있었다. 그래서인지 할머니에게는 필요한 물건이 많았다. 내가 번 돈으로 필요한 물건을 직접 사다 드리면 그렇게 뿌듯할 수 없었다. 물건도 물건이거니와 할머니에게 필요한 일 중 내 손으로 도와드릴 수 있는 게 많아졌다는 것도 자부심이 됐다. 할머니의 사소하고도 섬세한 취향을 기꺼이 맞추어 드릴 수 있게 된 것이 자랑스러웠다. 이제 내가 할머니의 보호자가 되어 이제껏 받아 온 따스한 돌봄을 갚을 수 있게 됐다고 생각했다.

할머니는 성당에서 주기적으로 기도문을 받아 왔다. 작은 종이에 프린트된 기도문은 글씨가 너무 작아서 할머니가 제대로 볼 수 없었다. 그래서 종종 글씨를 크게 만들어 달라는 부탁을 받았다. 내가 컴퓨터로 이것저것을 할 수 있다고 하니 종이에 쓰인 글씨를 확대하는 일도 가능하다고 생각하시는 것 같았다. 물론 안 되지는 않았다. 워드 프로그램을 켜고 기도문을 그대로 타이핑한 다음에 글씨 크기를 조절하여 다시 프린트하면 됐으니까. 기도문의 분량이 길수록 번거롭긴 했지만 길어야 삼십 분 정도만 투자하면 충분히 할 수 있는 일이었다. 이런 일이 몇 번 반복되자 이번에는 종이가 작은 크기였으면 좋겠다는 주문이 들어왔다. 기도문 종이가 너무 크면 미사포 주머니에 잘 들어가지 않아서였다. 이번에는 종이의 여백까지 조절하여 편집해야 했다. 할머니가 부탁한 대로 손바닥에 쏙 들어오는 크기로 만들어 그 안에 큰 글씨를 적당히 배치했다. 어딜 가든 휴대할 수 있는 기도문이 완성됐다. 다음에는 종이가 구겨지지 않게 코팅해 달라는 요청이었다. 전혀 어려운 일이 아니었으니 그대로 들어 드렸다. 할머니의 기준이 이토록 세밀한지 전에는 알지 못했다.

할머니가 읊던 것에도 관심을 두고 보게 됐다. 모두 누군가를 위한 기도였다. 사제들과 군인들은 물론이고 국가와 사회, 세계 평화를 위한 기도까지. 할머니는 어떤 마음으로 그런 기도를 했던 걸까? 기도문을 손가락으로 눌러쓰며 따라 읽었다. 세상의 수많은 할머니가 새벽마다 바치는 기도가 세상을 지탱하고 있다고 생각했다.

할머니는 욕실용품이나 화장품을 사용할 때 난감해했다. 영어로만 표기된 것이 많아 용도를 단번에 알 수 없었기 때문이다. Shampoo, Rinse, Body Wash라고만 쓰여 있는 통에서 한글을 찾으려면 라벨 속에 빽빽하게 달라붙은 글자를 파헤쳐야 했다. 그럴 때 할머니는 나를 찾아왔다. 나는 상품명이 쓰인 스티커 위에 굵은 유성펜으로 '샴푸', '린스', '몸 닦을 때'라고 각각 써넣었다. 할머니는 항상 몸을 깨끗하게 하고 다니려고 노력했고, 그러기 위해 내가 쓴 글씨를 보고 필요한 것을 꺼내어 썼다. 샴푸를 어찌나 아껴 썼던지 일 년이 넘어 크게 써넣은 글씨가 닳아 지워질 때까지 선반 위에 같은 통이 올라와 있었다.

할머니가 쓰던 기초 화장품은 대개 숙모들이 특별한 날에 사들고 온 것이었다. 그러나 화려한 세트 구성에서 무엇을 먼저 꺼내 발라야 하는지, 무슨 기능이 있는 화장품인지 할머니는 잘 몰랐고 그걸 설명해 주는 것도 내 몫이었다. 세수하고 나서는 이걸 바르고 그다음에는 이걸 바르고…. 화장품 병 모양이 비슷비슷하여 구별이 어려워 나는 병 위에 번호를 써넣는 것으로 대신하기로 했다. 1번과 2번과 3번의 기능이 다 다르니 적어 둔 차례대로 쓰라고 말했지만, 할머니가 그 순서를 철저하게 지키는 것 같지 않았다. 그래도 할머니는 꼬박꼬박 성실하게 얼굴을 토닥였다. 매일 쓰는 화장품도 일년이 넘게 조금씩 나누어 아껴 썼다.

노인정 소풍 일정이 잡혔을 때, 할머니는 내게 자외선차단제를 사달라고 먼저 말을 꺼냈다. 할머니가 이런 부탁을 하다니 의외였다. 햇볕 아래 나가는 날에 다른 노인들은 선크림을 다 잘 바르고 온다고, 할머니도 바르고 가고 싶다고 했다. 내가 쓰는 것을 드리면 눈이 시리거나 독하게 느껴질까 봐 최대한 순한 것으로 새로 사다 드리고 싶었다. 그거 하나를 고르려고 화장품 가게를 몇 군데나 돌았다. 이 정도만 짜서 쓰면 된다고 시범까지 보였다. 소풍날 할머니는 선크림도 바르고 예쁜 모자도 썼다. 아이를 소풍 보낸 느낌이었다.

할머니는 선호하는 옷 스타일이 확고해서 마음에 들지 않는 옷은 잘 입지 않았다. 자식들이 자기 취향대로 옷을 선물하면 할머니는 그중 몇 가지만 골라 입고 나머지는 장롱에 모셔 두기만 했다. 그래서 할머니가 내게 성당 갈 때 입을 옷이 없다고 말했을 때 솔직히 막막했다. 옷이야 얼마든 사 드릴 수 있지만, 할머니가 좋아할 만한 옷을 고를 수 있을 것 같지 않았다. 그래도 무늬가 없는 흰 셔츠는 해 볼 만했다. 그런 셔츠는 어느 매장에든 있었다. 몇 군데 발품을 팔아 앞을 단추로 여미는 얇은 셔츠 하나를 사 드리니 할머니가 정말 좋아했다. 그 셔츠를 너무 자주 입어서 같은 옷을 하나 더 사 드리기도 했다. 인터넷으로 같은 상품을 주문해서 집으로 배송받았을 때, 할머니는 옷 가게에 가지 않고도 같은 물건을 살 수 있다는 것에 신기해했다. 할머니는 여러 번 입은 옷도 늘 깔끔하게 관리했다. 흰옷의 색이 바래지 않고 오래 유지될 수 있다는 걸 할머니를 통해 알았다. 할머니는 자주 입는 옷은 빨리 꺼낼 수 있게 옷장 옆 행거에 걸어 두었고, 성당에 갈 때는 그중 내가 사 준 옷들만 꺼내 입었다.

"집에만 있으면 답답해." 할머니는 말했다. 그래서 할머니는 노인정이며 성당에 바쁘게 다녔고 가끔 삼촌들을 불러 교외에 다녀왔다. 특별한 목적 없이, 밖에 나갔다가 돌아오는 과정만으로도 할머니는 만족했다. 할머니한테는 맛집이나 관광지가 별 의미 없었고 그저 탁 트이고 공기 좋은 곳이면 다 괜찮았다. 나는 할머니를 모시고 가까운 공원에 자주 갔다. 전망 좋은 곳에 은박돗자리를 깔아 놓고 나란히 앉아 아무 일도 하지 않고 시간을 보냈다. 나는 책을, 할머니는 묵주를 챙겨가 같은 공간에서 서로 다른 시간을 보내기도 했다. 중간중간 할머니가 불쑥 말을 붙여 독서에 집중할 수는 없었지만 말이다. 붙어 앉아 있는 것 말고는 함께 한다는 느낌이 별로 들지 않는 나들이였지만 우리는 그 시간을 좋아했다.

이것은 모두 할머니에게 매 순간 친절하고 다정하기 위한 나의 노력이다. 할머니를 위한 일은 미루지 말고 지금 당장 해야 한다고 생각했다. 나와 할머니 앞에 남은 시간이 얼마나 될지 알 수 없으므로 현재를 낭비할 수 없었다. 나는 '이 세상에 할머니를 꼭 붙들어 놔 주세요.'라는 기도 대신 '할머니가 평온하게 눈 감게 해 주세요.'라는 기도를 한 지 오래였다. 퉁명스럽게 받아친 대화가 할머니와의 마지막 대화가 된다면 평생 마음의 짐으로 남을 것 같았다. 할머니와 시간을 보내고 헤어질 때, 이제 가 보겠다고 인사할 때마다 나는 그 얼굴을 눈에 담으려고 노력했다. 현관문을 열면서 말로만 하는 인사가 아닌, 눈을 맞추고 미소를 주고받으며 하는 인사를 해야 마음이 편했다. 그래서 한편으로 나는 자신 있었던 것 같다. 앙금으로 남은 것이 하나 없이 할머니를 훌훌 잘 보내줄 수 있을 거라고.

할머니가 대체 뭘 알아?

아파트로 이사한 후, 작은 화장실이 딸린 안방은 줄곧 할아버지와 할머니가 사용했다. 그리고 나는 아홉 살, 열 살 때까지 안방의 할머니 이부자리 옆에서 함께 TV를 보다가 잠드는 것을 좋아했다. 음량을 한껏 높여 놓은 TV에서 방영되는 드라마나 사극, 가족오락관 같은 것을 할머니와 함께 봤다. 최수종이나 정태우가 등장하던 사극은 너무 자주 봐서 나중에는 어떤 이야기인지 헷갈릴 정도였다. 하루의 마무리는 일일 드라마였다. 젊은 배우들이 나와 연애하다 결혼하고, 새로운 가족을 이루면서 좌충우돌하는 이야기들이 반복됐다. 매일 싸우다가도 마지막에는 서로 화해하고 용서하며 이야기가 끝났다. 저렇게 시시한 이야기가 어디 있을까 싶었지만, 할머니는 놓치지 않고 꼬박꼬박 드라마를 봤다. 할머니와 할아버지의 안방은 엄마가 절대 들어오지 않는 곳이었다. 그래서 나는 뭔가 혼날 만한 일을 저질렀을 때면 그곳으로 피신하곤 했다.

저녁 시간에는 할머니든 할아버지든 거실로 잘 나오지 않았다. 자식들과 나눌 수 있는 대화 주제가 없었을뿐더러 만날 때마다 할아버지는 줄곧 아빠를 혼내기만 했으니까. 할머니는 할아버지와 나머지 가족들을 적절히 떼놓는 역할을 맡았는데, 특히 할아버지가 술 취해 들어왔을 때 얼른 방으로 모셔 가서 문을 닫고 재우는 것이 할머니의 일이었다. 할머니가 없었다면 나나 동생이 소환되어 관심 없고 이해되지 않는 주제에 관한 일장 연설을 들어야 했을 것이다. 노인 특유의 반복되는 잔소리와 질문은 감당하기 어려운 지경이었다. 그 짐을 대신하여 짊어지던 할머니가 안쓰러웠지만, 그래도 그 방에 들어가 할머니를 돕고 싶지는 않았다. 술 취한 할아버지는 그만큼 두렵고 성가신 존재였다.

나는 할머니와 단둘이 있을 수 있는 늦은 오후의 거실을 좋아했다. 둘이 딱 붙어 앉아 이런저런 이야기도 재잘재잘 나누고 체온도 나눌 수 있었으니까. 그러나 열다섯 살 무렵부터 집에 대한 불만이 걷잡을 수 없이 불어나기 시작했다. 단순히 깔끔하지 못한 데서 나아가 한집에 사는 사람이 너무 많은 게 불만이었고 집에서 제일 큰 방을 두 노인이 차지하고 앉은 게 불만이었다. 엄마나 아빠도 그분들처럼 늙어 가고 있는데도 그 둘이 제일 작은 방을 나눠 쓰고 있는 것이 싫었다. 삼촌들이 독립한 후 여섯 명으로 가족 구성원이 단출해졌는데도 여전히 안방은 연장자의 몫이었다. 할머니는 죄지은 사람처럼 "너희 엄마가 이 방을 써야 하는데…"라고 말했는데, 그 무력함과 부당함에도 온통 불만이었다.

내게도 프라이버시를 지킬 수 있는 공간이 필요했다. 세심하지 못한 부모, 친척들이 던지는 시선과 관심 모두 질색이었다. 그 모든 것에서 당장 벗어나고 싶었다. 방문만 열면 서로의 위치가 한눈에 보이는 빽빽한 환경에서 가출 말고는 방법이 딱히 보이지 않아 서러웠다.

할머니는 내가 집중하는 것들에 큰 관심이 있었다. 처음 PC 통신이란 걸 접했을 때, 나는 귀가하면 바로 컴퓨터부터 켤 정도로 몰입해 있었다. 통신이 연결되는 소리, 공기를 찌르는 듯 재재거리는 기계음을 들으면 가슴이 설렜다. 가입해 둔 동호회를 차례로 확인하고 글도 쓰고 채팅도 했다. 나의 얼굴을 모르는 사람들과 오로지 글로만 소통하는 기분은 색달랐다. 얼굴을 포함한 모든 외양에 불만만 느끼고 있던 내게 그것을 넘어 소통할 수 있는 친구가 생긴다는 건 근사한 일이었다. 익명에 기대어 잘난 척, 멋진 척을 할 수 있다는 게 특히 그랬다. PC 통신으로 만난 사람을 직접 대면하고 사랑에 빠지는 이야기들이 우스웠다. 나를 만나면 모두가 실망할 것이 뻔한데, 그런 일은 절대로 하지 말아야지 생각했다.

할머니는 내가 매일 붙잡고 있는 컴퓨터를 궁금해했는데, 누군가로부터 '공부에 쓰는 물건'이라는 말을 듣고 난 다음부터는 그 앞에 붙어 있는 나를 대견해했다.

"또 공부하는 거야? 열심히 해라."

할머니가 공부를 방해하지 않으려고 방문을 닫고 나가면 나는 동호회에 새 글이 올라오지 않았는지 확인하고, 자주 듣던 라디오 프로그램에 길게 쓴 사연을 보냈다. 이런 일들을 할머니가 공부로 착각하고 있다는 게 다행이라고 생각하면서도 한편으로는 죄스러웠다.

할머니와 합가하기로 했을 때 엄마는 솔직히 두 어르신이 이렇게까지 오래 사실 줄 몰랐다고 한다. 큰딸이 스무 살이 될 즈음이면 두 분을 편하게 보내 드리고 노년을 조용하고 잔잔하게 맞이할 수 있을 거로 생각했던 것 같다. 그러나 할머니는 나의 졸업과 취직과 이직을 모두 지켜볼 때까지 장수하셨다.

대학을 졸업하고 첫 직장을 얻었을 때다. 아무리 봐도 할머니가 이해하지 못할 직업과 직장인 것 같아 말하기까지 한참을 망설였던 기억이 난다. 할머니가 바라고 그렸을 나의 모습과는 영 동떨어진 일을 하게 되었다는 것이 민망하게 느껴졌다. 일부러 모기업의 이름을 말하고 그 계열사인 ○○ 비즈니스 그룹으로 입사했다고 빙빙 돌려 소식을 전했다. 할머니가 내 말을 제대로 못 알아듣고 좋은 데겠거니 생각했으면 하는 의도였다. 할머니는 기업의 타이틀만 보고 우리 손녀가 여러 번 들어 본 좋은 곳에 입사했다며 기뻐했다. 그러다 기쁜 소식을 알리려 전화한 셋째 삼촌으로부터 손녀가 입사했다는 곳에서 하는 일을 정확히 듣게 됐다. 걱정과 달리 할머니는 "그래, 일 열심히 하면 되지."라며 나를 응원해 줄 뿐이었다. 그 응원 속에는 약간의 서운함도 섞여 있었다. 내가 세상에서 제일 뛰어난 인재인 줄 알았던 할머니가 내색하지 않으려 애쓰는 모습을 보고는 패배자가 된 기분이 들었다.

사회 초년생으로 접하는 업무는 매번 힘들고 야근이 많았다. 일찍 잠자리에 드는 할머니의 얼굴을 볼 수 있는 날도 줄어들었다. 내 몸 하나 건사하기가 어려워 독립은 언감생심, 밥솥에 따스한 밥이라도 준비된 본가에서 끝에 끝까지 버티고 살아야지 하는 생각뿐이었다. 대중교통이 끊겨 매일 택시를 타는 일도 별로였지만 매일 돈과 성과, 역량으로 압박하는 직장 분위기가 무척 괴로웠다. 먹은 것 없이 체하고, 잘 먹어도 살이 빠지는 날이 이어지자 할머니가 화를 내며 말했다.

"그 회사는 왜 이렇게 사람을 괴롭히냐. 그만둬 버려, 그냥! 다른 데 가서 일해라."

언제나처럼 할머니는 나의 편을 들며 손녀를 괴롭힌 존재를 욕하였는데 이상하게도 이번에는 하나도 도움이 되지 못했다. '할머니는 물정도 몰라. 취직하는 게 얼마나 힘든데. 할머니는 그런 거 하나도 안 해 봤으면서 대체 뭘 안다고 그만둬라, 어쩌라 하는 거야. 할머니가 대체 뭘 안다고.'

다니던 곳에서 퇴사하고 진로를 틀어 다른 공부를 시작했을 때도 할머니는 말했다.

"공부도 좋지만, 얼른 결혼해야 하지 않겠냐. 시집가서 빨리 아이도 낳고."

그러면 나는 할머니를 몰아세웠다.

"할머니, 결혼하는 데 얼마나 돈 드는지 알아? 집값이 얼마나 비싼 줄 알아? 이렇게 공부하고도 또 백수가 될지 모르는데 내가 얼마나 피 마르는 줄 알아? 요즈음 세상이 어떤 세상인 줄 알아?"

할머니는 대꾸하지 않고 듣다가 일어서셨었다. 잔뜩 약이 오른 나를 혼자 있게 하고 다시 할머니의 자리로 돌아갔다. 나는 전쟁과 같은 역사적 비극을 실제로 겪은 사람 앞에서 요즈음 젊은 사람들이 얼마나 힘들게 사는 줄 아냐며 다그쳤다. 그러나 할머니는 말을 덧붙이지 않고 내가 그걸 한참 쏟아내도록 내버려두었다.

할머니의 유일한 반응은 '너도 힘들겠구나.' 였다. 감정을 다 정리하고 그저 열심히 할밖엔 방법이 없음을 받아들이며 다음 일을 하기 시작했을 때였다. 어떤 조언도 충고도 없는 말 한마디가 도리어 큰 위로가 되었다. 날카로운 말을 뱉고 한참을 후회하며 자책하던 차에 할머니는 투박한 손으로 내 마음을 어루만져 주었고, 나는 거기에 기대어 한숨을 돌린 다음 다시 뚜벅뚜벅 나아갈 수 있었다. 할머니가 없으면 어떡하지. 할머니의 툭툭한 손이 없어지면 어떡하지. 할머니에게 절대 사라지지 말아 달라고 빌고 싶은 날들이었다.

같은 일을 겪는 사람들

　나는 결혼하고 오랫동안 아이를 갖지 않았다. 할머니는 '아이를 낳지 않는 여자'를 상상할 수 없었다. 그래서 매일 증손주를 보게 해 달라고 새벽 기도를 하며 아기를 기다렸다. 그러나 당시 나는 할머니의 오랜 기도와 무관하게, 아이 없이 사는 삶을 택해 볼까 생각하던 중이었다. 주변 친구들과는 흔하게 나누던 고민 주제였지만 할머니 앞에서는 차마 꺼낼 수도 없는 이야기였다. 사실 일부러 꺼내지 않았다는 것이 더 정확한 표현이겠다. 자신이 체험한 삶의 방식만을 무섭게 고수하는 어른의 말은 내게 결코 조언이 될 수 없었기 때문이다. 깊은 고민을 나눌 대상에서 할머니는 완전히 제외되었다. 따라서 할머니는 내가 아이를 '안' 갖는 건지, '못' 갖는 건지 알 길이 없었다. 대놓고 말하지 못해 쉬쉬하면서도 깊이 걱정하는 분위기가 날카로운 말 한마디 없이도 나를 녹초로 만들었다. 할머니에 따르면 '사람이 태어났으면 자식을 낳아야 하는 법'이었다. 당신이 사는 동안 보여 줬듯이.

나는 고민을 내려놓고 방향을 정했다. 어차피 낳을 거면 한 해라도 먼저 낳자는 생각으로 아이를 가졌다. 그 소식을 할머니께 전하는 것이 어찌나 거북스럽던지. 할머니가 한평생 해 온 일에 무력하게 합류하는 느낌이었다. 할머니, 엄마, 이모, 고모, 사촌 언니… 그 길을 먼저 간 어떤 여자에게도 임신 사실을 알리고 싶지 않았다.

콩알만 한 점 하나가 찍힌 초음파 사진을 받고, "축하합니다."라는 말을 듣고서도 그게 배 속에 생긴 아기란 걸 알아볼 수도, 실감할 수도 없었지만 "감사합니다."라고 답하고 진료실을 나왔다. 엄마에게 전화하여 아기가 생겼다고 전하고, 흔히 들어 본 적 없는 높은 톤으로 축하 인사를 받은 후에도 할머니에게만은 소식을 전하기가 어려웠다. 할머니는 왠지 내 앞에서 눈물을 터뜨릴 것 같았다. 그건 낯 간지러운 일이 아닐 수 없었다.

결국, 할머니는 뒤늦게 다른 가족들에게서 임신 소식을 전해 듣게 되었고 "여태껏 몰랐었네. 어이쿠, 내 새끼가 아기 가졌네." 하고 축하의 인사를 건넸다. 눈물도 감정 과잉도 없는 편안한 반응이어서 그동안 기를 쓰고 피해 왔던 것이 일순간 머쓱해졌다. 모두가 알고 나니 차라리 속이 시원했다. 이제 낳기만 하면 됐다. 할머니와 엄마가 했던 일을 자연스럽게 따라가면 될 것이었다.

할머니는 내게 뭔가를 해 주고 싶어 했지만, 쇠약해진 몸 때문에 많은 걸 할 수는 없었다. 입덧이 심하지 않으면서도 식욕이 거의 없다시피 한 시기를 겪었다. 그동안 할머니는 뭐 먹고 싶은 게 없냐고 집요하게 물었다. 정말로 없다고 말해도 질문은 계속됐다. 할머니는 그런 내가 이해되지 않는 것 같았다. 이따금 커피나 라면 같은 음식이 당겼다. 그런 걸 먹는 것도 할머니는 이해하지 못했다.

친정에 간 날, 할머니는 오늘만큼은 반드시 뭐라도 먹여야겠다고 생각했던 모양이었다. 푸지게 한 상을 차리기에는 기운이 달리고, 그렇다고 예전처럼 냉장고에 보관된 반찬만을 툭툭 꺼내 투박한 상을 차리기에는 아쉬웠는지, 할머니는 정말 오랜만에 주방 조리대 앞에 섰다. 할머니는 밥솥에서 따끈따끈한 쌀밥을 푸고, 프라이팬에 식용유를 둘러 달걀프라이 두 개를 만들고, 조미김을 뜯어 반찬 접시에 옮기고, 내가 좋아할 만큼 푹 익은 김치를 썰어 식탁에 올렸다. 중학교 다닐 때 내가 자주 먹던 밥상이었다.

"이거 다 먹고 가, 알았지?"

할머니는 맞은편에 앉아서 내가 밥을 푹푹 떠서 먹는 걸 지켜보았다.

할머니가 만든 달걀프라이는 가장자리가 바삭바삭하면서 노른자가 반숙으로 익어 정말 맛있었다. 식용유를 적게 쓰고도 테두리를 바삭하게 익히는 할머니의 솜씨가 고스란히 남아 있었다. 나는 김치를 잘 찢어 밥에 올리고 조미김으로 싸서 먹었다. 밥공기에 들어 있던 적지 않은 쌀밥이 금세 동났다. 어렸을 때처럼 가만히 앉아 할머니가 차려 주는 밥상을 쏙쏙 받아서 먹었다. 애처럼 굴고 심술부려도, 툴툴대거나 무례하게 굴어도, 늘 그 자리에 있는 존재를 내가 무척 그리워하고 있었단 걸 알았다. 할머니는 내가 반찬을 모두 비우는 것을 보고 빈 그릇들을 모아 설거지했다.

할머니는 보름달처럼 둥글게 부풀어 오른 내 배를 부드럽게 쓰다듬곤 했다. 할머니가 다섯이 넘는 아기를 가지고 낳을 때까지 거듭했을 행동이었다. 항상 몸조심하고 너무 많이 걷지 말라고 조언했다. 나는 할머니의 말을 기꺼이 따라 항상 조심하고 많이 걷지 않았다. 그러면서도 커피를 진하게 타서 할머니 몰래 마셨다. 새끼 가졌다는 걸 핑계 삼아 할머니 밥을 다시 얻어먹으려 친정집에 드나들었다. 할머니와 함께 산달을 기다렸고 예정일보다 한 달 먼저 아이가 태어났다.

출산 후 2박 3일은 산부인과 병원 입원실에서 예후를 봐야 했다. 모유 수유하는 방법과 배냇저고리 입히는 법을 배웠다. 여전히 몸이 무겁고 불편해서 맘껏 움직이지 못했지만, 축하해 주러 오겠다는 가족과 친구들을 오지 말라 할 수는 없었다. 할머니가 즐겨 보던 일일 드라마에서는 갓 아이를 낳은 산모가 축하해 주러 온 친정엄마나 시어머니 손을 붙잡고 '죄송하다'라며 우는 장면이 나오곤 했다. 힘든 일을 앞서 해낸 여자들에 대한 감사이자, 감사한 줄도 모르고 살았던 지난날에 대한 사죄 같은 거였다. 이런 장면은 상상만 해도 민망한 것이어서 나는 절대로, 그 누구에게도 그렇게 하지 않겠다고 다짐했었다. 내가 왜 나 말고 다른 이에게 감사나 미안을 말해야 하는가. 제일 고생한 사람도 나이고, 앞으로 고생할 사람도 나인데 말이다.

할머니는 산후 둘째 날에 가족들과 함께 나를 보러 왔다. 몸을 많이 움직이고 싶지 않아서 입원실 침대에서 사람들을 맞았다. 얼른 이 시간을 끝내고 한숨 자고 싶은 생각뿐이었다. 할머니는 침대 오른쪽으로 와서 내 손을 꼭 잡았다.

"내 새끼, 고생했다."

그 말을 듣는데 이제껏 말라 있던 눈가가 찌르르 울리더니 눈물이 뚝뚝 떨어졌다. 할머니는 "고생 다 해놓고 왜 울어." 하면서 같이 울었다. 엄마를 봐도 남편을 봐도 흐르지 않던 눈물이 온통 다 쏟아졌다. 갓 태어난 아기는 상상했던 것보다 훨씬 작고 연약했다. 세게 안으면 다칠까 봐, 잘못 안으면 품에서 떨어질까 봐, 손끝부터 팔꿈치까지 모두 덜덜 떨렸다. 아이를 키우며 앞으로 해야 할 일들, 다가올 날들이 두려웠다. 그리고, 끝내 입 밖으로 꺼내지는 못했지만, 할머니께 고맙고 미안했다. 쉴 새 없이 아이를 낳고 기른 할머니가 존경스러웠다. 나는 할머니와 같은 일을 겪은 사람이 되어 버렸다.

한때 나는, 혹시 할머니가 돌아가신 후에 아기를 낳게 된다면 그 아기가 할머니의 영혼을 갖고 태어날 것으로 생각했었다. 할머니가 어떤 식으로든 내 옆으로 돌아올 거라는 확신이었다. 흔한 표현처럼 할머니의 엄마가 되어 내가 받은 사랑을 되돌려드리고 싶다는 생각도 했다. 그러나 할머니가 장수한 덕에 나는 나를 키운 사람과 내가 키울 사람의 사이에서 몇 해를 보냈고, 생각했던 것과 다른 방식으로 사랑을 되돌려드릴 수 있었다.

아이를 데리고 친정에 놀러 가면 할머니는 거실 바닥에 폭신한 이불을 미리 깔아 놓았다. 막 걸음마를 시작한 아이가 거실을 돌아다니다 넘어져 다치지 않게 하려는 것이었다. 아이는 할머니를 보면 배시시 잘 웃는 순둥이였다. 순한 두 사람이 마주 보고 웃는 장면이 사진처럼 남았다.

아이에게 할머니는 '왕할머니'였다. 왕할머니와 아이는 먹을 수 있는 음식이 비슷했다. 질기거나 오래 씹어야 하는 음식은 먹을 수 없었고, 간이 너무 세어 맵거나 짠 음식도 마찬가지였다. 좋아하는 음식은 뻥튀기. 깔아 놓은 이불 위에 부스러기가 떨어지는 것도 아랑곳하지 않고 아기와 왕할머니가 마주 보고 앉아 뻥튀기를 먹었다. 나도 그 틈에 끼어 뻥튀기를 베어 물었다. 아이를 안고 앉았다가 할머니 무릎을 베고 누웠다가 아이가 칭얼거리면 토닥이다가 할머니가 목마르다 하면 물을 떠 왔다.

그 몇 해를 내가 죽을 때까지 잊을 수나 있을까.

할머니의 몸은 쪼그라들었지만, 사랑의 총량은 변함없이 그대로였다. 자식들을 키운 사랑 그대로를 갓 태어난 아기에게 전하고 계신 것을 나는 알았다. 이제 할머니의 새벽 기도에 꼬물거리는 아기의 이름도 등장할 거였다. 할머니 손으로 키워 낸 손녀가 낳은 작고 여린 생명체. 어떤 기대나 의무감 없이 사랑만 할 수 있는 존재.

할머니가 마지막의 마지막까지 주변에 베풀던 사랑과 배려는 대체 어디에서 기원한 것일까. 퍼내도 퍼내도 마르지 않는 사랑을 언어로 설명하기 어렵다. 쇠약한 할머니에게서 어떻게 그런 마음과 힘이 나오는지. 나는 내 아이가 사랑받는 것이 좋아서, 그리고 아이를 보면 환해지는 할머니의 얼굴이 좋아서, 문턱이 닳도록 할머니 방을 드나들었다. 할머니가 가장 바랐던 일을 내가 하고 있다는 게 자랑스러웠다. 그것으로 늙은 할머니가 아주 완벽히 행복해질 것이라는 확신이 있었다. 할머니는 이제 다 이루었다고, 늘 의지하며 기도드리던 그분처럼 생각하고 있었는지도 모르겠다.

Ⅱ

할머니가 이상해졌다

할머니가 이상해졌다

내 아이가 자라는 만큼 할머니는 늙었다. 노화에 가속이 붙어 청력이 급속도로 약해졌다. 할머니는 잘 맞지 않는 보청기 때문에 돌아가시기 전 몇 해를 찌르는 듯한 기계음과 함께 살았다. 몇 번이고 수리를 받고 또 받았으나 기계음은 깨끗하게 사라지지 않았다. 할머니는 그걸 피하려고 집에 있는 동안은 보청기를 끼지 않았다. 할머니와 나 사이에 의사소통이 거의 되지 않았던 것도 그 탓이었다.

할머니는 같은 말을 여러 번 물었다. "오늘 뭐 했니?" 같은 질문에 "일 갔다가 돌아와서 지금 막 밥 먹었어요."라고 대답해도 할머니는 "응? 응?" 하고 여러 번 내용을 확인했다. 청력 때문인 것을 알면서도 피로에 찌든 나는 그걸 편히 받아들일 수 없었다. 이미 그맘 때쯤은 내가 하는 일들 –문서를 작성하고 결재를 받는– 의 절반 이상을 할머니는 온전히 이해할 수 없었다. 오늘 뭘 했는지 설명해 봤자 할머니는 어차피 알아듣지 못했을 것이다. 나는 어린아이 때처럼 밥 먹고 잠자고 뛰어노는 활동을 하는 사람이 아니라 할머니가 이해할 수 없는 일을 하는 어른이 되어 있었으니까.

할머니와 대화할 때는 최대한 밀착해 앉아야 했다. 가까이서 말해야 할머니가 그나마 알아들었다. 할머니의 질문에 크게 손짓하며 답하기 시작했다. '할머니, 저 밥 먹었어요'를 말하고 싶으면 손을 가슴에 대서 '나'를 표시하고 이후 밥을 떠먹는 시늉을 하며 "먹었어요."를 말하는 식이었다. 입 모양과 표정도 크게 쓰며 말했다.

이 요란한 대화 방식에는 큰 에너지가 들었다. 그러나 할머니 앞에서 늘어놓는 나의 하루와 동선과 인상적이었던 것들에 관한 이야기는 사실 그 내용 자체를 전달하기 위한 것이 아니었고 대화에 특별한 정보라고 할 것이 없었다. 할머니는 그저 말할 상대가 필요한 것일 뿐, 그게 꼭 나일 필요도 없었다. 점차 서로가 이 대화에 지쳐가는 것이 느껴졌다.

다음 방법은 할머니가 어떤 질문을 하든 명확하게 단답형으로 말하는 것이었다. 할머니한테 그저 말하는 행위만이 필요한 거라면 말동무가 되어 드린 것만으로 목표를 달성한 거로 생각했다.

"오늘 뭐 먹었니?"

"네, 먹었어요."

"맛있는 거 먹었다고?"

"네, 밥 먹었어요."

"내가 잘 안 들린다. 뭐 먹었다고 한 거야?"

"밥 먹었어요."

이런 식의 의미 없는 대화가 몇 바퀴 지나가면 할머니는 귀가 안 들려서 손녀의 이야기를 잘 알아들을 수 없다는 판단과 함께 곧 말을 멈추곤 하셨다. 대화를 계속 이어가 봤자 궁금한 내용을 알 수 없으리라는 결론이기도 했을 것이다. 그러나 말하는 행위 자체는 달성하였으므로 할머니는 적적함을 조금이나마 덜어 내고 가벼워진 마음으로 자리에서 일어날 수 있었다. 할머니가 너무 안 들려서 답답하다고 토로할 때마다 나는 내일도 모레도 할머니를 만나는 모든 시간에 그 하소연이 이어질 것을 예상하고 적당히 고개를 끄덕이며 괜찮다고 말했다. 물론 할머니는 전혀 괜찮지 않았을 것이다.

할머니의 위장은 진작부터 그 기능이 쇠하였다. 그러나 사람은 밥을 먹지 않으면 살 수 없는 법이므로 최소한의 영양을 섭취하는 일은 길고 천천히 이어졌다. 할머니가 먹을 수 있는 음식은 극히 한정되어 있었다. 대부분의 끼니에 할머니는 많이 씹지 않아도 저절로 삼켜지는 부드러운 음식을 먹었다. 그러나 어떤 날에는 뭔가에 홀린 듯이 맞지도 않는 음식을 찾아 삼키곤 했다. 고기나 빵이나 맛이 강한 음식 같은, 젊은 날의 할머니가 어렵지 않게 소화했을 음식이었다. 그러고 나서는 할머니의 하소연이 이어졌다. 내가 왜 그걸 먹었을까, 왜 그게 그렇게 먹고 싶었을까. 할머니는 자신을 탓하며 아픈 배를 부여잡았고 심지어는 자리에 드러눕기까지 했다.

섭취와 소화와 음식 조절에 어떤 어려움도 느껴 보지 못했던 나는 그런 할머니를 이해할 수 없었다. 오래 씹어서 드시면 될 일이고 그게 아니라면 소화 안 되는 음식을 피하면 되는 게 아닌가. 소량의 음식을 간격을 두고 자주 드시면 될 일 아닌가. 가족들이 흔하게 시켜 먹는 배달 음식에서 고소하고 자극적인 냄새가 풍겨 나올 때 그 찰나를 참을 수 없었던 할머니의 심정을, 지극히 인간적이고 본능적인 욕구를 나는 온전히 이해할 수 없었다. 먹는 행위가 단순히 영양을 보충하는 것에서 나아가 사람에게 즐겁고 가치 있는 여가가 될 수 있음을 떠올리지 못했다. 한 가족이 같은 음식을 먹으며 나누는 소속감과 동질감을 나는 떠올릴 수 없었다.

크게 아팠다 돌아온 할머니는 기름진 음식을 먹는 가족 곁에서 밍밍하게 끓인 밥이나 동치미 국물, 삶은 토마토 같은 것을 찾으며 끼니를 때웠다. 그러다가 어느 순간 또 폭발적인 식욕이 올라올 때면 소화할 수 없는 음식을 꺼내 먹고 다시 아팠다.

할머니가 자잘하게 아픈 일들은 이미 내게 익숙한 것이었다. 그러나 어떤 시기를 기점으로 할머니는 크게 달라졌고, 좀 이상해졌다. 할머니는 같은 노인정에 다니는 동생 노인을 험담하기 시작했다.

"그 망구가 내 욕하고 다녀. 딴 할매들한테 나랑 말하지 말라고 하더라고."

할머니는 항상 몸을 깨끗하게 하고 다니는 분이었고 남들에게 싫은 소리 한마디 안 하는 분이었다. 그런 할머니를 싫어하고 욕하는 사람이 있다면 그 사람이 이상한 사람이었다. 신경 쓰지 마시라고 해도 할머니는 계속 동생 노인을 의심했다. 뭔가 안 좋은 일이 벌어지면 다 그 사람 탓이라고 했다. 속 시원히 해결되는 것이 없자 할머니는 장성한 아들들에게 전화를 돌리기 시작했다. 항상 정성을 다하던 넷째 아들이 온갖 간식을 바리바리 싸 들고 가서 노인정 할머니들에게 선물했다. 우리 엄마 잘 좀 봐 달라는 부탁도 전했다.

이제는 좀 나아지겠다 싶었지만 오산이었다. 할머니는 여전히 따돌림당하고 욕을 먹고 있다고 분개했다. 자주 불안해했고 의심이 많아졌다. 참다못한 아들 하나가 낯익은 어르신 몇몇 분께 상황을 청해 물었다. 어르신들은 깜짝 놀라며 "그 착한 할머니를 다들 좋아하지 누가 욕해요."라고 답했다. 그제야 모두가 조용히 짐작했다. 할머니가 이상해지고 있다고.

할머니는 학교처럼 드나들던 노인정에 발길을 끊었다. 대신 집에 있는 시간이 길어졌다. 더 정확히는 화장실이 딸린 안방에서 기거하는 날이 많아졌다. 어떤 운동과 바깥 활동도 자유롭지 않은 할머니였기에 그나마 노인정에서 점심을 먹으며 시간을 보내는 것이 소일하는 유일한 방법이었는데 그 마지막 자락이 사라져 버린 셈이다. 할머니는 노인정을 조금 두려워하기도 했다. 이 두려움이 할머니의 쇠약해짐에 다시금 속도를 붙였다.

자식들이 급히 주간 보호센터를 알아보았다. 처음에는 노인정을 떠나 센터에 간다고 뭐가 크게 달라질까 싶었다. 거기도 여러 노인이 함께 부대끼는 공간이니 같은 문제를 겪지 않으리라는 보장이 없었다. 그러나 센터에는 관리하는 사람이 있어 노인들 간에 일이 생기면 중재해 줄 수 있고 문제가 커지면 보호자에게 전달해 주기도 한댔다. 할머니가 처음 보는 사람들이 가득한 집단을 견디어 낼 수 있을지 의문이었지만, 말동무 없이 방 안에 갇혀 있는 것보다는 백배 더 나을 거였다.

나는 아이를 어린이집에 보내기 시작했다. 덜 자란 아기를 어린이집에 보내는 것과 더 늙을 일만 남은 노인을 주간 보호센터에 보내는 일은 비슷해 보였다. 나는 아기를 어린이집 현관 앞까지 데려갔고 선생님이 아이를 맡아 주는 동안 직장 일을 했다. 주간 보호센터 이름이 적힌 승합차가 도착하면 보호자가 노인을 인계하고 인솔자가 노인을 차에 태웠다. 노인이 센터에 있는 시간 동안 가족들은 각자 할 일을 할 수 있었다.

그러나 할머니가 주간 보호센터에 정식으로 등록하여 다니는 일은 일어나지 않았다. 그해 겨울 꽁꽁 언 빙판길에서 넘어져 다쳤기 때문이다. 할머니는 가까운 대학병원에 입원했다. 할머니의 입원 소식은 내게 그다지 큰일이 아니었다. 늘 그래왔던 것처럼 할머니는 회복하는 대로 다시 집으로 돌아올 테고, 나는 그 옆에 바짝 붙어 앉으며 이제 좀 괜찮으시냐고 할머니가 한 번에 알아듣지 못할 말을 건넬 수 있을 거였다. 할머니가 퇴원하고 집에 돌아온 직후에는 안도와 미안한 마음만이 가득했으므로 할머니가 재차 "응? 응?"이라고 되묻는 모든 것에 몇 번이고 답해 드릴 수 있었다. 모두가 익숙한 패턴을 수행한 지 몇 년째였다. 너무도 익숙했기에 그게 어떤 방식으로 변형될지 깨어질지 짐작하지 못했다.

14

노인을 돌보는 노인들

할머니가 아직 건강했을 때, 대책 없이 자라는 흰머리를 할머니는 숨기고 싶어 했다. 할머니는 시장에서 염색약을 사 와 안방 화장실에서 염색하곤 했다. 할아버지가 할머니를 도왔다. 할아버지는 전혀 꼼꼼하거나 다정하지 않았고 손이 거칠었다. 할머니가 메리야스만 입은 채 화장실에 쪼그려 앉으면 할아버지는 엉거주춤한 자세로 반쯤 앉아 할머니의 뒤통수를 잡았다. 그야말로 머리채 잡기다. 오래되어 모가 거칠어진 칫솔을 염색용 솔로 사용했는데, 할아버지는 있는 힘을 다해 할머니의 머리를 칫솔로 박박 문지르고는 했다. 워낙 요령 없이 문지른 탓에 염색만 하면 할머니의 두피까지 까매졌고 며칠간은 이마나 귀에도 검은 물이 들어 있었다.

이런 장면은 할머니가 검은 머리를 포기할 때까지 이어졌다. 흰머리로 덮이는 면적이 넓어져 희고 곱실거리는 머리카락을 그대로 유지하는 것으로 방향을 바꾸었을 때에야 안방에서 독한 염색약 냄새가 사라졌다.

할머니는 할아버지가 남긴 잔해들, 먹고 남겨 둔 귤껍질이나 내용물이 말라붙은 컵, 뭔가 실험을 하고 남겨 놓은 찌꺼기들을 줄기차게 치웠다. 술 취해 뻗은 할아버지의 양말을 몇십 년 동안 벗기고 이불을 덮어 주었다. 할아버지가 밖에서 하는 고약한 일들을 눈감아 주었다. 독불장군을 견디었다. 두 노인은 그런 식으로 서로를 돌보았다.

마지막 입원일, 할머니는 익숙하게 병원복으로 갈아입고 왼쪽 팔에 링거를 꽂았을 것이다. 다섯 명이 들어가는 다인실 한편에 할머니의 침대가 마련되었을 것이다. 늘 하던 절차대로 할머니는 입원 생활을 시작했을 것이다. 할아버지는 정신이 맑고 정정한 분이셨으나 할머니의 입원 절차까지는 도울 수 없는 구십 대 노인이었다.

병원 접수는 늘 할머니의 장남이나 맏며느리, 또는 넷째 아들 내외가 도맡았다. 함께 살고 있어 할머니의 부상을 가장 먼저 인지하는 자녀는 아빠였고 그 아내인 엄마가 초기 대응을 책임졌다.

아빠가 은퇴한 이후로는 더욱 당연한 듯이 그의 몫이 됐다. 넷째 아들은 장남 다음으로 할머니 가까이 사는 자녀였고 부모에게 일어난 일을 모르쇠 하지 않는 착한 심성을 갖고 있었다. 넷째 아들의 아내도 내 일 네 일 가르지 않는 시원한 성격의 소유자인 데다가 건강과 투약에 대한 전문 지식을 갖춘 며느리였던지라 늘 그다음 순번으로 방문했다.

자녀가 여럿이어도 할머니의 입원 생활에 적극적으로 관여하는 사람은 한정되어 있었다. 집이나 직장이 멀다는 이유로, 지금 책임져야 할 다른 일이 있다는 이유로 한 발짝 뒤에서 할머니를 지켜보는 자녀가 더 많았다.

할머니는 다산이 축복이자 능력이라고 생각했던 세대의 사람이었다. 그에게 다산은 안온한 노후와도 연결된 개념이었을 것이나 그건 절반만 맞고 절반은 틀렸다. 낳은 자식 중 할머니를 보살피는 자녀는 정해져 있었다. 그마저도 할머니가 아팠다가 나았다가 하는 날들이 길어지면서 조금씩 변했다. 짧은 헌신과 긴 체념 또는 회피. 세상에는 짧은 헌신마저도 받지 못하는 노인이 수없이 많았기에 할머니는 그래도 '복 받은 노인네'라는 평을 들었다.

할머니가 빙판길에서 다쳤던 겨울, 장남인 아빠는 이미 파킨슨

병 진단을 받고 투병 중이었다. 서서히 얼굴과 몸이 굳고 쪼그라드는 병이었다. 일찍 진단받은 덕에 증상들이 즉각적으로 나타나지는 않았으나 얼굴이 점차 표정 없는 가면처럼 변해 가고 있다는 것은 분명하게 알아차릴 수 있었다. 아빠의 병증은 회복이 불가했다. 악화하는 속도를 최대한 늦추는 것 외에는 치료라고 할 것이 없었다. 원하는 곳 어디든 갈 수 있던 사람이 운전대를 놓았다. 그의 인생 처음이자 마지막으로 가졌던 취미인 카메라도 놓았다. 몸이 쪼그라든 아빠는 마음도 함께 쪼그라들었고 극심한 우울 증세를 보였다.

가족들은 늙은 아들의 병증을 그보다 더 정정한 아버지에게 알리고 싶지 않았다. 그래서 할아버지는 병명과 증상을 명확히 모른 채, 느리고 우울한 아빠를 '한심한 자식'이라고 다그쳤다. 구십 넘은 아버지가 칠십 넘은 아들을 윽박지르고 혼냈다. 아빠는 늘 그랬듯 별다른 대꾸를 하지 않고 침묵했다.

할머니 부상의 초기 대응을 이런 장남이 해야 했다. 과거라면 집 안 대소사에 대한 의무와 함께 권한과 재산까지 함께 물려 왔겠으나, 아빠에게는 오로지 의무만이 있었다. 그도 그럴 것이, 도시에서 대책 없이 늙어 간 노인 내외에게는 재산이라 할 것이 없었다. 그나마 있는 것조차 아들 다섯에게 이모저모로 흘러 들어갔을 것이며, 현대적인 공평은 그런 데에서만 철저히 지켜졌다. 아무런 능력도 갖

112

추고 있지 않으면서 모든 권한을 쥔 것처럼 행동하는 할아버지와 아무런 권한도 갖추고 있지 않으면서 모든 의무를 지고 있는 나의 부모가 극명하게 대비됐다. 화가 났다.

그리고 장남의 일은 곧 맏며느리의 일이 되었다. 두 사람은 병원을 알아보고 입원 절차를 밟고 보호자로서 의사를 만나는 일을 했다. 엄마는 입원 기간에 필요한 물품들을 빈 종이에 적었다. 두루마리 휴지, 종이컵, 수건, 양말, 비누⋯. 여행 짐을 꾸릴 때처럼 필요한 것들을 한가득 적고 장을 봤다. 엄마는 입원실 안에서 할머니가 신을 실내화로 뒤꿈치가 터진 슬리퍼 대신 학생용 실내화를 샀다. 헐떡거리는 슬리퍼를 신으면 발이 걸려 넘어질 수 있어서였다. 마트에서 파는 학생용 실내화에는 그때그때 유행하는 캐릭터들이 장식품으로 붙어 있었다. 아무것도 붙어 있지 않은 흰 실내화가 가장 저렴했지만, 엄마는 몇천 원 더 비싸도 할머니 발에 딱 붙어 있을 법한 실내화를 골랐다. 당겨 붙일 수 있는 밸크로가 달려 할머니의 낮은 발등에도 밀착시킬 수 있는 학생용 실내화였다. 고정 밸크로 윗면에는 작은 펭귄 캐릭터와 함께 'PENGSU'라는 문구가 쓰여 있었다. 엄마는 할머니의 성경책과 묵주도 챙겼다. 그 또한 할머니의 생필품이었으니까. 사 온 물품을 장바구니에 꾹꾹 눌러 담은 다음에 엄마는 택시를 타고 할머니가 있는 병실로 갔다.

입원 초기에 해야 할 일들이 대략 마무리되면 자식들이 하나둘씩 병원으로 찾아왔고 그제야 대충 역할이 분담되었다. 아빠의 동생들과 그 아내들도 이미 육십 고개에 접어들어 온종일 입원실에 붙어 있을 체력이 안 됐다. 전문 간병인이 구해지기까지 자녀들은 협의한 일정대로 병원에 들러 할머니를 돌봤다. 간병인을 구한 후에도 그에게 모든 걸 전담시킬 수는 없어 수시로 병원에 드나들었다.

할머니의 마지막 입원 무렵에는 몹쓸 전염병이 온 세계를 휩쓸고 있었다. 그 탓에 잦은 병원 면회가 차단됐다. 멀쩡한 사람이 대학 병원에 드나드는 것이 금기시되었고 보호자 출입 카드는 한 장만 제공됐다. 늙은 자식들은 입원한 할머니를 자주 볼 수 없었고 줄줄이 딸린 손주들 또한 자기 살기 바쁠 뿐 할머니를 굳이 떠올리거나 챙기지 않았다. 엄마는 '이 고생은 그냥 나한테서 끝내고 싶다'라는 생각이 커서 내가 할머니 면회를 가지 못하는 것에 안도했다. 그러면서도 한 장 받은 출입 카드를 아빠와 서로 주고받으며 열심히 할머니를 챙기러 다녔다.

엄마에게도 손주가 있었다. 직장에 갑작스러운 휴가를 낼 수 없는 내 탓에, 전염병 위기 단계가 격상하여 갑자기 어린이집이 휴원하거나 아이가 열 감기라도 걸릴라치면 엄마가 동원되지 않을 수 없었다. 엄마 말고는 기댈 데가 없어 나는 엄마가 겪는 일들을 애써 모른 척하고 아이를 맡겼다. 할머니의 입원 이후 엄마의 이중고가 시작됐다. 사이클이 맞아야만 했다. 엄마가 병원을 방문하는 일정과 내 아이의 어린이집 휴원 기간이 적절히 어긋나서 둘 다 할 수 있어야 했다. 내가 이르게 퇴근하여 아이를 전담할 수 있는 날에 엄마가 할머니를 챙기러 가도록 일정이 착착 돌아가야 했다. 그중 어떤 조각 하나가 뒤틀리면 와르르 무너질만한 일상이었다.

아빠는 고꾸라지는 몸을 하고도 할머니를 곧잘 돌보았다. 아빠의 병증 중에는 손가락이 미세하게 떨리는 증상이 있었는데 그 손으로 할머니 부축도 하고 동의서 사인도 했다. 그를 지탱한 건 정신력 아니었을까 한다. 종종 할아버지도 할머니를 찾아갔지만 실은 그런 방문은 안 하느니만 못했다. 아픈 이들이 한곳에 모여 있는 광경을 할아버지가 있는 그대로 받아들였을 리 만무하기 때문이다. 할아버지는 불편함을 화로 표현하곤 했다.

할아버지가 오랜 시간 품을 들여 누군가를 돌본다는 건 있을 수 없는 일이었다. 할머니의 부재 이후 할아버지는 오직 자기 자신만을 돌보았다. 여전히 좋은 것을 찾아 먹고 매일 운동했다. 할아버지가 삶과 건강에 대해 갖는 열정과 집착은 대단했다. 자녀와 손주들을 비롯하여 그를 둘러싼 모든 가족 중 그만큼 생을 사랑하는 사람은 없는 것 같았다.

할아버지와 할머니는 자주 다투었지만, 아니 더 정확히 말하자면 할아버지가 할머니에게 윽박지르고 할머니가 할아버지를 달래는 쪽이었지만, 할머니가 입원해 있는 동안 서로를 무척 보고 싶어 했다고 한다. 누가 봐도 악연 같았던 두 사람이 서로를 그리워한다는 게 대체 이해되지 않았다. 민망하다는 느낌과 함께 기가 찼다. 그리움은 상대에 대한 존중이나 사랑 위에 쌓이는 감정 아니었던가. 이제껏 보아 온 두 분은 낭만적 사랑이라 부를만한 것들을 주고받지 않았다. 권위에 따른 순종과 일방적인 윽박지름과 얕봄이 어떻게 사랑일 수 있겠는가.

두 분의 사랑을 용인할 수 없던 나는 대신 '정'이란 것을 떠올리며 그들을 이해하고자 했다. 수십 년 동안 같은 방을 쓰고 같은 풍경을 보며 살면 쌓이는 것. 타박과 다툼과 한탄과 눈물과 돌봄이 팔십여 년간 축적되어 만들어지는 것. 자타 구분 없이 한 몸뚱이처럼 생존하는 것. 그래서 제삼자의 시선으로는 이해할 수 없는 아주 이완된 상태로 그들은 살아왔던 것 같다. 그리고 서로에게 든 지긋지긋한 미운 정을 긴급히 수습해야 할 시간이 되어서야 비로소 '보고 싶다'라는 남세스러운 표현을 자식들까지 들을 수 있도록 소리 내어 말하고 있었다. 그것이 내가 본 노년이었다. 온통 늙어 버린 사람들이 서로에게 매달린 채 하루를 보내고 있었다.

15

먼 세대의 마지막 통화

할머니와 할아버지는 각각 효도폰을 하나씩 갖고 계셨다. 영민하고 정정한 할아버지는 손녀에게 사용법을 물을 필요도 없이 휴대폰을 척척 잘 사용했다. 아침 운동하는 어르신들 모임에서 필요한 것들을 배우고 쓰는 것 같았다. 반면 할머니는 기계를 어떻게 다루는지 몰라 허둥댔다. 내가 미리 등록해 둔 아홉 개의 단축번호만 사용하여 가까운 이들과 통화했다. 귀퉁이가 다 닳은 수첩에 적힌 전화번호를 보고 휴대폰에 하나씩 저장해 드린 거였다. 저장된 번호는 집, 할아버지, 아들들, 그리고 맏며느리의 것이었다.

할머니의 첫 휴대폰이 망가져 더는 쓸 수 없게 되자, 두 번째 휴대폰을 알아보고 구매하는 것이 내 몫으로 떨어졌다. 오직 통화 기능만 사용하는 할머니께 이런저런 복잡한 요금제가 필요치 않다는 판단이 들어 저렴한 알뜰폰을 샀다. 문제는 알뜰폰의 통화 품질이 그리 좋지 못했다는 거였다. 그 탓에 할머니가 안 들린다고 불편함을 호소하는 일이 잦았다. 그러나 할머니의 보청기 탓일지도 모르는데 위약금을 물면서까지 개통을 철회할 수 없다고 생각했다. 나는 좀 더 써 보시라고 거듭 청했다. 할머니는 알았다고 하고 계속 그 휴대폰을 썼다.

할머니의 휴대폰에는 온갖 광고 문자가 쌓여 있었다. 휴대폰의 주인이 노인이라는 걸 아는지 모르는지 고금리 대출 광고부터 음란 광고까지 다양했다. 문자함을 열어 읽는 방법을 모르는 할머니를 위해 나는 주기적으로 문자함을 비우고, 실수로라도 이런 문자를 누르면 안 된다고 신신당부하였다. 가끔가다 할머니의 성당 친구나 동생이 보낸 것 같은 다정한 안부 문자를 발견하고는 삭제 버튼을 누르려다 멈칫했다. 그러나 그도 잠시, 아주 다정한 말투를 쓴 광고 문자라는 것을 곧 알게 됐다. 할머니가 낳아 기른 자식과 손주가 한둘이 아니었는데도 그분께 다정한 문자를 보내 주는 사람이 한 명도 없다는 게 안타까웠다. 문자함의 존재를 모르는 할머니에게는 어차피 소용없는 일이었겠지만.

할머니의 단축번호 1번은 '집'이었다. 집에는 오래된 집 전화기가 있었다. 할아버지가 70년대에 광화문 어딘가에서 한참을 줄 서서 기다려 개통한 전화라고 했다. 휴대폰이 없던 시절에야 시골에서 오는 온갖 전화를 그걸로 받았지만, 모든 가족이 휴대폰을 갖고 나서부터는 전화기가 울리는 일이 거의 없었다. 할아버지가 바깥에서 만난 웬 잡상인이나 친구 노인들과 하는 갑갑한 대화들이 이제는 다른 가족들이 들을 수 없는 곳에서 이루어지고 있었다. 모르는 것이 더 나을 법한 내용의 대화였으니 차라리 다행이었다.

걸려 오는 전화가 없어도 기본요금이 달마다 꼬박꼬박 나갔다. 일이 년에 한 번씩 시골의 먼 친척이라는 어르신들 또는 할아버지와 할머니의 옛 지인들에게 안부 전화가 걸려 오긴 했는데, 할아버지는 그 전화를 받기 위해서라도 꼭 집 전화기가 있어야 한다고 했다.

"그리고! 내가 땡볕에서 몇 시간을 기다려서 받아 온 전화인지 아냐? 그렇게 받은 번호여!"

마지막 말은 할아버지의 진심이었다. 그게 진짜 이유였다. 몇십 여 년 전 가장으로서 가족들을 위해 했던 고생의 흔적을 할아버지는 치우고 싶지 않았던 거다. 전화기는 할아버지의 추억을 불러일으키는 상징적인 존재로 거실에 장식품처럼 방치되었다. 물론 할머니에게도 단축번호 1번을 꾹 눌러 집으로 전화할 일은 없었다.

집 전화기는 곧 내 아이의 장난감이 되었다. 걸려 오는 전화가 거의 없어 연결선을 뽑아 두었었는데, 그렇게 내버려둔 것을 아이가 신기하게 여겨 자꾸 들여다보기 시작한 거였다. 옹알이를 시작하면서는 수화기를 들어 엄마와 통화 놀이를 했고, 유치원에 들어가면서는 사무실을 차렸다며 장난감과 볼펜, 종이 등을 늘어놓고 전화 받는 직장인 흉내를 냈다.

아이는 태어나면서부터 모든 가족의 관심을 한 몸에 받았고 그만큼 휴대폰 카메라 세례도 받았다. 영상 통화로 멀리 떨어져 계신 친척과 얼굴을 보며 대화하는 것에도 익숙했고, 가끔 내 휴대폰을 만지작거리다가 나조차도 몰랐던 기능을 실행시키기도 했다. 할머니의 마지막 입원쯤에는 이제 손끝이 꽤 여물어 휴대폰을 자기 손으로 쥐고 영상 통화를 할 수 있게 됐다.

병원에서는 할머니에게 특별한 처치를 하지 못했다. 워낙 고령인 탓이었다. 멀끔한 회복은 요원했고, 그저 할머니가 운신할 수 있게끔만 적절히 처치하는 게 최선이었다. 그 무렵 넷째 숙모가 지인을 통하여 요양병원을 알아보기 시작했다. 치료가 무의미한 할머니를 대학병원에 계속 모시고 있느니 요양병원으로 모시는 것이 낫다는 이야기가 사전에 있었다.

가족들이 할머니의 전원을 준비하는 동안, 할머니에게는 대학병원이 너무 비싸서 다른 작은 병원으로 옮긴다는 이야기가 전달됐다. 할머니는 전원을 위해 구급차에 탈 때까지 당신이 어디로 옮겨가는지 정확히 몰랐다. 할머니가 입원 기간에 사용한 물건들이 그도 모르게 추려지고 포장되고 옮겨졌다. 휴대폰도 더는 필요하지 않게 되었다. 그건 있어 봤자 거추장스러운 물건일 뿐이었다. 나는 할머니가 요양병원으로 옮겨지기 전, 직계 보호자의 면회가 가능할 때 할머니와 영상 통화를 해 두고 싶었다. 그래서 면회 일정이 잡혀 있는 아빠에게 일반 통화를 영상 통화로 전환하는 법을 알려 드리고는, 시간을 약속하고 아이와 전화를 기다리기로 했다. 할머니가 나뿐만 아니라 아이 역시 그리워하고 있을 것 같았다.

아이가 제일 좋아하는 그림책을 함께 읽고 있을 때 아빠에게서 전화가 왔다. 정말로 오랜만에 화면으로 할머니의 얼굴을 보았다. 할머니는 익숙한 병원복을 입고 한쪽 무릎을 세운 채 앉아 있었다. 건너편 화면에서 증손주를 보자마자 할머니의 얼굴에 웃음이 퍼져 나왔다.

"할머니, 뭐해?"

"그래, 그래. 이쁘다."

"할머니, 다른 병원 가신다면서요."

"아이고, 아가 이쁘다."

"할머니, 애기 얼굴 보여요?"

"애기야, 애기야."

특별한 내용을 주고받진 않았지만 따스하고 정다운 말이 오갔다. 휴대폰 화면이 자꾸만 아래로 떨어졌다. 손이 심하게 떨리는 아빠의 병증 때문에 휴대폰이 고정되지 않고 자꾸 미끄러진 탓이다. 할머니는 손녀와 증손주의 얼굴을 보려고 처음에는 고개를 틀어 바라보다 나중에는 아예 허리를 앞으로 굽힌 채로 화면을 응시했다. 나는 아이의 얼굴을 정면으로 보이게 하려고 한 손으로는 아이를 잡고 다른 손으로 휴대폰을 꽉 쥐어 고정했다. 아이는 왕할머니께는 별 관심이 없고 이제껏 읽던 그림책을 쳐다보는 데에만 열중했다.

"애기 얼굴이 작게 보여."

할머니가 거듭해서 말해도 작은 화면을 물리적으로 키울 수가 없어 영상 통화는 조금은 안타깝게 이어졌다. 이제는 할머니의 얼굴 대신 무릎과 발과 침대의 텅 빈 아래쪽만이 화면에 보였다. "아빠, 전화기를 좀 들어. 할머니 얼굴이 안 보여." 화면이 미세하게 떨리며 위쪽을 향했고 할머니의 웃는 얼굴이 잠깐 보이다가 이내 뚝 떨어졌다. 나는 할머니의 얼굴이 살짝 보이는 새에 화면을 캡처했다.

할머니가 무척 따스하게 웃고 있었다. 그림책을 내려다보는 아이의 통통한 볼살과 웃는 할머니의 얼굴이 한 화면에 담겨 남았다.

"이제 끊어야 해. 오래 못 해."

아빠는 옆 환자가 의식되었는지 전화를 끊어야겠다고 했다. 나는 할머니께 인사했다.

"할머니, 얼른 나아서 봐요."

생애 마지막에 가는 곳

　나는 할머니가 점점 나와 멀어지고 있다는 것을 직감했다. 할머니가 빙판길에서 미끄러지기 전 마지막으로 본 모습이 떠올랐다. 할머니는 다니던 노인정에서 나온 후 집에만 있는 일이 많았고, 그래서 무척 답답해했다. 짧게라도 바깥바람을 쐬어야 머리가 아프지 않던 할머니는 매일 같은 시간에 현관문을 열고 외출했다. 아마 할머니는 그날도 그런 마음으로 위험천만한 겨울 산책길로 나갔을 것이다.

　그날 할머니는 몰려오는 두통에 반쯤 넋이 나간 표정으로 거실에 놓인 불편한 의자에 앉아 내게 인사했었다. 그리고 하필 그날 나는 엘리베이터를 놓칠까 봐 급하게 현관문을 닫고 나갔었다. 그런

다음에야 할머니의 표정이 별로 좋지 않았다는 걸 떠올렸다. 그러나 할머니는 우울감을 오래 끌어안고 있는 사람이 아니었던지라 하루가 채 지나지 않아 금세 좋아질 거로 생각했다. 다음번 방문 때는 멀끔하고 깨끗한 모습으로 다시 나를 반겨 주리라 믿었다. 수십 년을 반복해 온 패턴을 내 몸과 마음이 동시에 기억하고 있는 것이었다. 그러나 그날 내 예상은 보기 좋게 어긋났고, 할머니는 빙판길에서 낙상하고 입원하고 말았다.

오래 입원 중이던 할머니의 얼굴은 어땠을까. 병원 다인실에서 옆자리 할머니와 과일을 나누어 먹고 가벼운 농담이라도 주고받을 수 있으면 좋았을 것이다. 그게 할머니의 '원래 모습'에 가까웠을 테니까. 여기저기 전화하여 신세 한탄을 늘어놓는 모습이어도 괜찮았을 것이다. 평소에 그러는 분이 아니니 모두 할머니의 상황을 이해해 주었을 테니까. 다만 홀로 우두커니 앉아 있는 모습만은 아니길 바랐다. 내가 오래 기억하게 될 할머니의 마지막 얼굴이 끝없이 이어지는 실내 생활에 숨이 막혀 노랗게 뜬 그 얼굴이라면, 현관문을 쾅 닫던 나 자신을 용서할 수 없을 것 같았다. 할머니에게 미안했지만, 그보다 더, 나를 향한 혐오감을 걷어 내고 싶었다.

할머니는 대학병원에서 40분 거리에 있는 요양병원으로 옮겨 가

기로 했다. 노년의 삶에 대하여 문외한이었던 나는 요양병원과 요양
원의 차이도 알지 못했다. 그저 지인이 그곳에서 일하여 필요한 소
식을 신속하게 받아 볼 수 있다는 넷째 숙모의 말만이 현실로 다가
왔다. 자기표현이 잘 안되는 아기를 처음 기관에 보낼 때도 선택 기
준 첫 번째가 '믿을 만한 지인의 추천'이었다. 인생 구석구석에서 그
런 것이 빛을 발했다.

할머니는 아직 거동이 불편한 상태라 간호가 필요했기에 요양
원이 아닌 요양병원으로 가게 됐다. 그곳에는 주야간 간호 인력이
상주하고 있다고 했다. 할머니가 당신의 건강 상태에 대해서 직접
설명하거나 보호자에게 알리는 일은 불필요해졌다. 그곳에서 일하
는 분과 할머니의 자식들이 당사자를 빼고 전화와 문자로 소통할
거였다.

코로나가 기승을 부려 요양병원을 포함한 모든 의료기관에서 엄
격한 기준을 적용하던 때였다. 그곳 역시 면회가 금지라고 했다. 대
체 나는 언제 할머니 얼굴을 다시 마주 볼 수 있나. 직접 만나 손을
부여잡고 얼굴 맞대는 일을 대체 언제 다시 할 수 있단 말인가. 나
는 애처럼 울고 싶었다.

이 모든 것이 '마지막'의 감각을 더했다. 지금이 아니면 안 될 것

같고 이번이 아니면 영영 후회하게 되리라는 직감. 할머니는 요양병원 구급차로 이동하기로 했다. 구급차에는 여럿이 탈 수 없어 넷째 삼촌만 동승하기로 이야기가 됐다. 아무리 계산해 봐도 나는 할머니가 구급차에서 내려 요양병원 입구로 들어가는 모습만 볼 수 있을 것 같았다. 나는 아이를 데리고 요양병원 주차장에서 한참 할머니를 기다렸다. 겨울 도로 사정 때문에 구급차가 언제쯤 도착할지도 알 수 없었다. 겨울 추위에 아이도 나도 바싹 얼었다. 한참 여기저기 탐색하는 것에 빠져 있던 아이는 내 손을 잡고 주변에 '보험'이나 '간병' 같은 글자가 쓰인 홍보 패널로 달려가 손가락으로 짚어 댔다. 네가 이 단어를 뼈아프게 알게 될 때까지 오래 살고 싶지는 않다는 무력한 생각을 했다. 앓다가 죽는 삶은 단 한 번도 바라본 적이 없다. 왜 인간의 대다수는 아픈 채로 죽게 되는 걸까.

할머니가 대학병원에서 출발했다는 메시지가 온 지 한참이 지나 구급차가 요란한 소리를 내며 주차장으로 들어왔다. 나는 느리게 걷는 아이를 들쳐 안고 할머니에게 뛰어갔다. 그 사람들은 너무 빨리 일했다. 할머니가 짐처럼 누워 있는 환자 침대에서 바퀴를 내리고, 울퉁불퉁한 길 때문에 할머니의 머리가 쿵쿵 흔들리는데도 아랑곳하지 않고 비상 출입구로 할머니를 빠르게 실어 갔다. 모든 이유는 코로나 때문이랬다. 할머니와 충분히 인사 나눌 수 있을 줄로만 알았던 나는 적잖이 당황했다.

'나는 오늘 꼭 할머니를 봐야 해! 할머니한테 우리 아기도 보여 드려야 해. 할머니가 저기 들어가면 이제 다시는 못 볼 것 같단 말이야.'

울 듯한 기분으로 할머니를 향해 달려갔다. 내가 뛰니까 내가 안은 아이도 덜컹덜컹 흔들거렸다. 할머니가 환자 침대 위에서 맥없이 흔들렸듯이.

"할머니!"

내가 큰 소리로 부르자 할머니가 소리 나는 쪽으로 고개를 돌렸다.

"저 왔어요! 애기도 왔어요!"

할머니가 고개를 끄덕거리며 여기를 보았다. 입원 절차 원칙상 가족들 간의 시간은 허락되지 않았지만, 어린 아기까지 동반한 나의 간절함이 전해졌는지 직원이 할머니의 침대를 잠시 멈추어 주었다. 한겨울 칼처럼 날카로운 바람이 부는 가운데 나는 드디어 할머니와 마주 볼 수 있게 됐다.

할머니는 아기를 보고 싶어 했다. 나는 몸을 돌려 아기를 보여 주었다. 그러나 낯선 풍경에 눈이 휘둥그레진 아기는 할머니 쪽은 쳐다보지도 않고 사방을 관찰하는 데에만 정신이 팔려 있었다. 많은 사람이 앞날이 창창한 아기를 왜 요양병원같이 '불길한 곳'에 데려갔느냐 했지만, 그날 아이를 데리고 간 것에 후회는 없다. 할머니는 부드럽고 톡톡한 아기의 등을 만지려다가 금세 손을 내리고 아기 얼굴 좀 보고 싶다며 아쉬운 마음을 말했었다.

할머니와 마주 보았지만 정작 무슨 말을 해야 할지 잘 떠오르지 않았다. 작별 인사를 하려 했으나 나만 느끼는 어떤 감정을 할머니에게 퍼붓는 꼴이 될까 봐, 그래서 할머니를 더욱 편찮게 할까 봐, 그러면 안 될 것 같았다. 나는 할머니에게 '사랑해'라고 말하는 대신 할머니를 안거나 손을 꼭 붙잡는 식으로 마음을 표현하곤 했었는데, 그날 침대에 묶이다시피 한 할머니 앞에서는 차마 그럴 엄두가 나지 않았다. 그렇다고 지켜보는 사람이 많은 가운데 할머니께 사랑한다고 말하자니 굉장히 멋쩍을 것 같았다. 그래서 나는 내가 느끼는 감정들을 거르고 걸러 잘 낫고 나와서 다시 만나자고 말했다.

할머니는 치료를 위해 그곳으로 간다고 알고 있던 터였다. 대학병원 입원비가 너무 비싸서 좀 더 저렴한 곳으로 옮긴다는 말을 들었을 때, 할머니는 그게 거짓말인 줄도 모르고 단번에 그러자 했을 것이다. 자식들에게 폐 끼치는 것을 항상 미안해하던 할머니였으니까. 할머니는 이곳에서도 가족들이 한 명씩 돌아가며 면회를 와 잠

시라도 말벗이 되어 주리라 생각했을 것이다. 그리고 이제껏 그래왔
듯, 완벽하진 않아도 거동할 수 있게끔만 몸이 회복되면 익숙한 그
집으로 돌아가 가족과 함께 지낼 수 있으리라고 생각했을 것이다.
그게 전부 불가능하다는 걸 모두가 아는데 할머니만 몰랐다. 나는
마지막 인사에 거짓말을 섞어야 했다. 그래서 할머니와 나눈 마지막
대화는 진실을 뺀 진심을 전하는 인사가 되어 버렸다.

할머니가 입구 안쪽으로 사라지고 보호자 역할을 하던 넷째 삼촌
만이 출입 허가를 받아 행정 처리를 하러 갔다. 사이렌을 끈 구급차
가 여느 자동차처럼 주차장 한편에 얌전히 서 있었다. 폭풍이라도 지
나간 듯 사방이 고요했다. 주차장에 남은 가족들은 서로 나눌 말이
없어 오늘은 바쁘니 다음 행사 때 보자며 각자의 집으로 돌아갔다.
'이야기'를 통해 세상을 배운 나는 시한부를 선고받고 마지막 여
행을 떠나거나 자기가 가장 사랑했던 장소에서 삶을 정리하는 인물
들을 만나 왔다. 죽음을 예고 받을 수 있다면 삶을 정리할 시간도
얻을 수 있을 테니 나쁘지 않겠다는 생각도 했다. 그러나 내가 그려
왔던 생애 마지막은 다 틀렸다. 할머니의 마지막은 그런 모습이 아
니었다. 아프고, 속고, 무력하고… 할머니가 생애 마지막에 간 곳은
면회가 금지된 요양병원의 다인실이었다.

어떤 것은 길하고
어떤 것은 불길하다

가끔 할아버지는 식사 후에 손수 설거지를 했다. 할아버지 딴에는 가족을 위해 '봉사'를 한 셈인데, 그런데도 사람들이 이걸 고마워할 줄 모른다며 툴툴거리곤 했었다. 자식들이 오랜 시간 그걸 맞추어 주었기에 할아버지의 성격은 점점 더 강해지기만 했다. '엣헴'이라든가 '어허'와 같은 짧은 반응만으로도 자식들은 착착 움직여 주었다. 젊었을 때야 자식들은 엄하고 불같은 아버지가 두려웠을 것이고 장성한 후에는 괜한 말로 할아버지의 혈압을 건드려 병이라도 얻으면 그 책임을 모두 뒤집어쓸까 봐 염려했을 거다. 어떤 이유로든 그분의 심기를 거스르고 싶은 자식은 없었다.

할아버지가 일으키는 갈등 중 우리 엄마나 할머니가 끼어 있을 때면 나는 그 누구보다 격분했다. 하지만 별다른 저항의 말을 뱉지는 못했는데, 그의 자식들처럼 나도 어떤 방식으로든 그와 부딪히고 싶지 않아서였다. 따끔한 한마디로 할아버지에게 뭔가를 깨닫게 해주어야겠다는 생각도 하지 않았다. 뭘 하든 별 소득이 없을 거라는 확신도 확신이거니와 그 화가 할머니에게 미칠까 봐 걱정했다. 할아버지의 첫 번째 분풀이 대상은 늘 할머니였으니까. 할아버지의 혈압도 문제였지만 할머니의 겁에 질린 얼굴을 더 피하고 싶었다. 아마 묻는 말에나 겨우 대답하는 무뚝뚝한 나에 대해 할아버지는 건방지다고 생각했거나 불편해했을 것이다.

그러나 할머니가 요양병원에 들어간 이후 할아버지의 고집은 급속도로 꺾여 갔다. 아내의 거처를 자신이 결정하거나 책임질 수 없다는 데에서 오는 무력감이 첫 번째였을 거다. 당신 또한 언젠가 건강이 기울 텐데, 그때 자식들이 지금과 같은 결정을 하게 되리라는 예상도 하셨던 것 같다. 사람 만나는 것과 외부 활동을 좋아하는 할아버지께 '갇힌 삶'은 상상할 수조차 없는 것, 두려워 마지않은 것이었다. 몇십 년을 함께해 온 할머니가 이제는 같은 곳으로 돌아오지 못하리라는, 내가 아프게 느끼고 있던 '마지막'의 감각을 할아버지도 느끼고 있었을 것이다. 할아버지에 대한 연민이 고개를 들었다. 내가 평생 미워하던 분을 향해 처음으로 느껴 보는 감정이었다.

할아버지가 편찮으시거나 돌아가시게 되면 할머니 때와 똑같이 슬프고 힘들까. 그럴 리가 없다고 생각해 왔지만, 매일 꺾여 가는 할아버지를 보면서 어쩌면 조금은 그럴지도 모르겠다고 고쳐 생각했다.

할머니의 소식은 병원 직원이 아빠나 엄마, 또는 넷째 삼촌이나 숙모에게 알리는 식으로 전해졌다. 그리고 그들이 한번 거른 할머니 이야기가 나머지 가족에게 전해졌다. 그래서인지 나에게까지 전해지지 않는 이야기들도 많았다.

나중에야 할머니가 입원 직후 극도의 불안 증세를 보였다는 걸 알았다. 그래서 엄마가 할머니 방에 보관되어 있던 묵주 여러 개를 찾아다가 전달한 거였다. 한밤중에 벌떡 일어나 소리를 지르거나 울어서 같은 병실을 사용하는 노인들에게 항의를 받았고, 그래서 어떠한 '조치'가 취해진 적도 있었다는 걸 알았다. 이런 식이면 다인실을 못 쓰니 일인실로 옮기는 게 어떠냐는 제안을 받았지만 여의치 않자 할머니는 자주 재워졌다고 한다.

내가 그 소식을 사건이 벌어진 당시에 들었다면 어떻게 했을까 생각해 본 적이 있다. 우리 할머니는 내가 책임진다며 당장 퇴원시키라고 뛰어들었을까, 아니면 할아버지에게서 크고 작게 공격당하던 할머니를 보던 때처럼 그냥 입을 닫는 쪽을 택하였을까. 아마도 할머니를 제발 조금이라도 편하게 해 달라는 기도를 할 뿐이었을 거다.

할머니의 자식들도 마찬가지였다. 새끼를 키우며 자기 생활을 해야 하는 자식들이 할머니의 병간호에 매달려 언제 끝날지 모르는 싸움을 할 수는 없었기 때문이다.

할머니를 만나지 못하는 기간 동안 나는 주변에 일어나는 현상들을 내 방식대로 해석하며 할머니의 상태를 점쳤다. 예를 들어 내가 쓰는 물건이 바닥에 떨어지거나 깨지면 그건 할머니께 뭔가 불길한 일이 일어났다는 신호로 보았다. 그럴 때면 엄마에게 전화하여 혹시 할머니 소식 들어온 거 없냐고 물었고, 엄마는 "그냥 똑같다고 한다."라고 말했다.

그 말 중 절반은 거짓말이었다. 엄마가 이 상황을 바라보는 태도는 처음부터 지금까지 한결같았다. -너한테까지 이 부담을 짊어지게 하고 싶지 않다. 네가 할머니를 아끼는 것과는 별개로 이 모든 짐은 우리 대에서 알아서 할 거고 너는 아무 신경도 쓰지 않았으면 한다. 아기 데리고 면회 다니지 말아라. 고생은 이제껏 내가 다 해 왔다- 엄마는 당신이 하는 고생 덕분에 자녀들이 잘되는 것으로 생각했다. 괴로운 일은 다 본인이 맡고 자녀들의 고통까지 다 가져가서, 나와 동생 앞에 승승장구하는 삶만이 펼쳐지리라고 믿었다. 늘 말도 안 되는 소리라고 생각했다. 상황을 해결할 생각은 안 하고 정신 승리만 하려는 비겁함이라고 생각해 왔었다.

그러나 점차 나도 엄마를 닮아가기 시작했다. 나에게 뭔가 꺼림칙한 일이 생긴다면, 대신 내가 사랑하는 가족들에게는 나쁜 일이 면제되리라 생각하는 근거 없는 믿음이 생긴 것이다. 그리고 그 면제권은 자연스럽게 할머니에게도 주어지리라 생각했다. 곤란하거나 불쾌한 일이 하필 내 앞에서 벌어졌기에 할머니에게는 그런 일이 면제되리라고 점치고는, 진짜로 믿었다. 그래서 직장에서 곤란을 겪은 날에는 '그래도 오늘은 할머니께 큰일이 없었겠지.' 하며 안도하려 했다.

그러나 나중에 전해 들은 할머니의 상황과 비교하면 나의 일상은 너무나 온전했다. 텀블러 같은 건 여러 번 떨어뜨려도 어찌나 튼튼한지 아무 문제가 없었고, 노트북 같은 고가의 물품은 잘 챙긴 덕에 바닥에 떨구거나 고장 내는 일이 없었다. 자잘한 물건도 잃어버리지 않았다. 누군가가 급해서 가져간 펜이나 가위 같은 사무용품은 언제고 제 주인을 다시 찾아왔다. 또한, 작업물을 몇 번씩이나 검토해야 하는 성격 탓에 결재 서류 같은 데도 별문제가 없었다.

힘든 일이 생겨도 일주일을 넘기지 않았다. 그렇게 나의 삶은 비교적 멀쩡했다.

나는 멀쩡했고 할머니는 고통스러웠다. 나 때문에 할머니가 고통스러웠던 걸까, 할머니가 고통스러워서 내 삶이 안전했던 걸까. 할머니의 고통은 격리된 장소에서 직접 겪어야 하는 것이었다. 그것은 누구도 도울 수 없는, 실로 생애 마지막에 겪는 혼자만의 것이었다. 할머니는 이런 방식으로도 내게 인생을 가르쳤다.

3월의 어느 날 꿈을 꾸었다. 나는 혼자 침대에 왼쪽으로 돌아누워 자고 있었다. 돌아누운 방향까지 알 정도로 절반 정도는 깨어 있는 상태에서 꿈속 장면들이 이어졌다. 선잠을 자나 보다 생각했다. 갑자기 할머니가 가까운 곳에 오신 것 같다는 이상한 느낌이 들었다. '할머니가 어떻게 여기 계시지?' 나는 할머니를 여러 번 불렀다. "할머니! 할머니!" 그러자 할머니가 "네 뒤에 있어."라고 다정하게 말했다. 눈을 감고 있었으나 눈앞에 반짝이는 은색 이미지의 벽이 보였다. '뭐야, 우리 집 냉장고 문 같은 색깔이네.' 엉뚱하게 그런 생각을 했다. 할머니가 뒤에 있다 하니 돌아눕고 싶었지만, 몸이 마음대로 움직여지지 않았다. 아예 자리에서 일어나 볼까 했지만 꿈이 끝나 버리면 할머니의 목소리도 사라지니 잠에서 깨어서는 안 됐다.

터널에 들어간 것처럼 색깔 있는 빛들이 내 옆을 빠르게 지나갔다. 할머니는 어떤 감각으로만 남아 있었다. 할머니를 만나면 무슨 말을 하려고 했더라. 생각을 정리할 시간도 없어 나는 외쳤다.

"할머니, 사랑해! 사랑해!"

잠에서 깼다. 불길한 느낌이 들어 아이를 안고 많이 울었다.

18

유리 벽 너머의 할머니

　아침이 되자마자 엄마에게 연락하여 할머니 소식을 물었다. 별다른 소식 없이 평소와 같다고 했다. 꿈 이야기는 굳이 건네지 않았다. 너무 생생해서 어떤 의미가 있으리라고 생각했지만, 개꿈이면 차라리 다행이었다. 할머니는 가족을 당연히 그리워하고 있을 거다. 그중에서 내가 가장 보고 싶을 것이다, 아마도. 어떤 조건도 기대도 없이 존재만으로도 귀하고 아까운 사람이 내가 아니면 누군데. 할머니는 세상을 뜨기 전 반드시 어떤 방식으로라도 나를 찾아올 것이다.

　그날부터 나는 할머니의 임종을 구체적으로 그리게 됐다. 임종의 순간이 다가오면 나는 쪼그라든 할머니의 손 -나를 정성껏 키워 낸 그 손- 을 잡아 드릴 거고 할머니와 여러 이야기를 나눌 것이다. 그냥 일상적인 이야기들 말이다. 즐거웠던 일, 속상했던 일을 나란히 늘어놓으면 할머니는 기운 없이 고개만 끄덕이시겠지만, 그래도 할머니는 늘 대화하는 걸 좋아하셨으니까. 할머니 곁에 붙어 앉아 종알거리며 시간을 보낼 것이다. 아직은 할머니가 만지고 대화할 수 있는 형태로 어떤 장소에 존재하고 있는 것이 다행이라고 생각했다.

가족들은 병원의 면회 지침을 준수하고 있었다. 면회는 '금지'였다. 아픈 노인들이 밀집해 있는 장소이기에 더욱 조심해야 한다는 합의가 있었다. 누구 하나 한 번만 뵙게 해 달라고 떼쓰거나 지침에 대하여 항의하지 않았다. 너무 점잖은 사람들이었다는 것이 할머니를 더 외롭게 했을 것이다.

할머니가 돌아가신 후에 알게 된 것 중 또 다른 하나는 아빠와 삼촌들이 나도 모르게 할머니를 면회하고 온 날이 있었다는 사실이다. 할머니의 심리 상태가 워낙 불안정하니 잠시라도 가족들 얼굴을 보면 도움이 될 거라고 병원 측에서 판단했다고 한다. 유리 벽을 사이에 둔 면회실에서 할머니는 저쪽에, 가족들은 이쪽에 격리된 채 만나 전화기로 대화하는 식이었다. 삼촌 중 한 명이 그 상황 -할머니의 얼굴- 을 녹화해 두었는데, 나는 그걸 할머니가 돌아가신 후에야 전송받았다.

그날은 내가 출근하지 않는 날이었다. 아이가 어린이집에 가 있어서 몇 시간 정도 다녀오는 것이 어렵지 않은 날이었다. 사실 엄마는 삼촌들이 집에 몰려오면 항상 긴장했고, 특히 두 딸이 그들과 엮여 불필요한 대화를 하는 것을 언짢아했다. 나 또한 삼촌들이 무례한 발언을 할 때마다 가시를 돋우고 반응하여 분위기를 엉망으로 만들 때가 있었으므로 그들이 있는 곳에 내 발로 걸어 들어가고 싶지 않았다. 그러나 할머니 면회를 나에게 알려 주지 않은 것은 다른 문제였다.

"엄마, 왜 그걸 나한테 말 안 해 줬어? 알았으면 나도 같이 갈 수 있었잖아."

나는 애꿎은 엄마를 탓했다.

"신경 쓰지 말라고 그랬지. 나랑 아빠가 다 알아서 할 건데, 너 할머니 병원 신경 쓰는 거 싫어. 애 잘 키워야지, 왜 할머니한테 신경을 써. 애기엄마가 병원 출입하는 거 아니야."

엄마가 미안한 기색도 머쓱한 기색도 없이 그렇게 말했을 때 나는 뭔가가 툭 끊겨 버리는 기분이었다. 나와 할머니를 만나지 못하게 한 것이 엄마 같다는 생각도 했다. 그러나 이미 지나 버린 일에 원망하거나 탓하는 말을 할 필요는 없었다. 엄마는 끝까지 그런 사람이었다. 자식에게까지 그 고생을 물려주고 싶지 않은 사람. 아픈 할머니, 아픈 아빠, 온통 아픈 사람들 틈에서 사느라 하루가 모자란 사람.

삼촌이 전송한 영상 속 할머니는 유리 벽 너머 환자 침대에 누워 간병인이 들어 준 수화기에 귀를 대고 있었다. 꼬불꼬불 엮인 전화선이 할머니의 얼굴을 여러 번 건드리며 흔들거렸다.

그리고 영상 속 할머니는 답을 시원하게 하지 못하는 것 같았다. 의사 표현은 끄덕끄덕이나 도리도리, 눈을 천천히 깜빡이는 것뿐이었다. 머리카락도 이전보다 짧게 잘려 있었다. 풍성한 파마를 자주 하던 분이었는데, 짧게 잘려 뽀글뽀글 말릴 것도 없었다. 표정도 없었다. 자식들을 본 것이 기쁘지 않았던 걸까. 기껏 만나 봤자 이렇게 유리 벽 너머로 얼굴을 보는 것뿐이라 못내 아쉬우셨던 걸까. 아니, 무언가를 놓은 사람처럼 보였다.

귀에 댄 수화기가 자꾸 미끄러지자 간병인은 할머니의 머리를 툭 쳐서 원래 위치로 옮겼다. 그 손길이 무례해 보여 나는 순식간에 불쾌해졌다. 할머니는 머리를 제 위치로 옮기는 것조차 스스로 하지 못했다.

자식들은 뻔한 이야기를 했다.

"괜찮으세요? 잘 지내세요? 잘 지내세요."

누가 봐도 할머니는 잘 지내고 있지 못했지만, 그것 말고는 할 말이 없었을 거다. 영상은 오 분도 채 되지 않았다. 간병인은 수화기를 내려놓고 할머니의 환자 침대를 밀어 퇴장했다. 그의 얼굴도 몹시 피곤해 보였다.

'할머니는 저 때 생을 놓고 있었구나.' 싶었다.

대학병원에 있던 할머니에게는 기운은 없어도 '생기'라는 것이 있었다. 잘 먹고 잘 자서 낫고자 하는 의지가 보였다. "주님이 날 왜 이렇게 오래 살려 두시나, 얼른 데려가시지." 같은 말을 할 때도 할머니는 부지런히 약을 먹고 몸을 움직였었다.

사람이 장수하는 데에는 그런 게 영향을 주는 것 같다. 많은 이들과 연결되어 있다는 느낌, 가족이 나를 응원하고 있다는 느낌. 그런 것들이 닻처럼 그분을 세상에 붙들어 놓고 있었던 것 같다. 그러나 여느 때처럼 아픔을 호소해도 단번에 달려와 주는 자식이 없다면, 특별한 치료 없이 견디는 것 외에 별다른 방법이 없다는 걸 알았다면, 표정 없는 이들과 하루를 보내야 했다면, 할머니가 어떤 심정으로 포기를 결심했을 것이며 그 좌절감이 얼마나 컸을 것인가.

할머니는 이제는 닻을 올려야겠다고 생각했을 것이다. 나는 사람이 어떻게 세상을 뜨는지 알게 됐다.

유리 벽 너머의 할머니라도 마지막으로 보았으면 얼마나 좋았을까 생각한다. 나는 당연히 나를 닮은 아이를 데리고 함께 갔을 것이다. 귀하게 여기는 존재를 보이며 할머니 마음에 온기를 심어 드리고 싶었다. 귀엽고 사랑스러운 것을 보면 머릿속이 화사해지며 하루를 견딜 힘이 나니까 말이다. '아이가 커 가는 것을 한번 보세요. 이제는 노래도 잘 부르고 할 줄 아는 말도 많아졌어요.' 수화기가 없어도 나의 마음은 유리 벽 너머 할머니께 전해졌을 거다. 할머니의 굳은 얼굴에는 미소가 떠올랐을 것이고, 그리고, 할머니는 분명 조금 더 살다 가셨을 것이다.

그러나 할머니가 지상에서 얻을 수 있는 기쁨은 많지 않았다. 아이 자라는 모습을 보여 드리며 견디는 시간을 조금씩 유예한들 할머니가 다시 건강해지는 것까지 기대할 순 없었다. 차라리 더 괴롭기 전에, 조금이라도 정신이 멀쩡할 때 가족들과 온전하고 깨끗하게 이별하는 것이 남은 가족들의 소망이었을 거다.

누구도 할머니께 당신의 소망 같은 걸 굳이 여쭈어보지 않았다. 할머니의 소망은 당연히 얼른 나아서 집으로 돌아가는 것이었을 텐데, 실현되지 않을 거란 걸 모두가 알았으니까. 할머니는 고립되어 있었고 너무나 외로웠고, 그래서 원치 않는 모습으로 세상과 이별하고 있었다. 그 이별의 시간이 버거워 그 새벽에 꿈을 통해 나를 찾아왔던 것 같다. 당신의 고됨을 알리고 싶었으나 차마 손녀를 너무 놀라게 할 수는 없어서, 최대한 부드럽고 따사로운 방식을 정해서.

그날 밤 아홉 시의 일

한때는 단짝처럼 붙어 다녔어도 특별한 계기 없이 멀어지는 관계가 있다. 내게는 그 동료들이 그랬다. 같은 부서에 있는 동안 각자의 고생스러움을 토로할 수 있는 꽤 좋은 관계였고, 그래서 하루가 멀다고 같이 식사하고 나들이하던 사람들이었다. 그러나 시간이 지나면서 차츰 서로의 삶이 궁금해지지 않게 됐고 만나자는 말을 먼저 꺼내기가 머쓱해졌다. 시간이 흐르고 상황이 변하면서 서로를 향한 애틋함도 흐릿해졌다고 할까. 애초에 독점적 관계가 아니었으니 굳이 서운해할 필요도 없는 그런 상황이었다. 이럴 때는 벌어진 일은 벌어진 대로 두고, 과거는 과거대로 남겨 두고, 새 인연을 만들며 살아가면 되는 것 같다.

그러나 어떤 부분으로 인해 나는 그 동료들의 이름과 얼굴을 평생 잊지 못할 것이다. 바로 그날 밤, 아홉 시의 일 때문이다. 각자의 삶을 살다가 이야기보따리를 가득 안고 만나는 게 여전히 즐겁고 기다려지던 때였다. 오랜만에 만나 늘 가던 식당 거리에 갔고, 식사후에는 커피를 마셨다. 이야기의 밑천이 바닥날 때까지, 어떤 이야기는 두어 번 반복될 때까지 자리가 이어졌다. 끝나지 않을 것 같은 대화를 이어가고 있을 때 엄마에게서 짧은 메시지가 도착했다.

- 할머니 보러 가야 할 것 같음.

무슨 뜻인지 짐작이 가는 메시지였다. 나는 "할머니가 위독하신 것 같다."라며 언젠가는 쓰게 될 줄 알았던 짧은 표현으로 상황을 설명하고 모임 장소에서 나왔다. 하늘이 어둑해져 있었다. 할머니의 임종이 가까워졌음을 알았는데도 이상하게 차분했다. '위독'이라는 말에 담긴 중립적이고 전문적인 어떤 어감이 나를 그렇게 만든 것 같았다.

이번에는 거기에 내 아이를 데리고 갈 수 없었다. 아이를 맡아줄 곳을 수소문하고 나서야, 나는 결코 허락받지 못할 것 같던 요양병원의 정문 너머로 들어갈 수 있었다. 코로나 이전에는 면회 장소로 쓰였을 일 층 커다란 로비에 가족들이 모였다. 모두 적당히 어두운색의 옷을 입고 있었다. 잠정 폐쇄된 면회 장소인 데다가 밤이 깊어 가고 있었기에 필요한 전등 몇 개를 빼고는 모두 꺼져 있었다. 벽면에 붙은 TV에서 간추린 뉴스가 요란하게 흘러나오고 있어 한동안 화면에 시선이 가기도 했다. 그러나 그 내용이 무엇이었는지 조금도 기억나지 않는다.

직원이 와서 할머니의 상태를 전했다. 한참 위독하다가 지금 잠시 진정된 상태라고 했다. 임종 면회 이야기를 꺼내며 최근에 코로나 검사한 사람이 있냐고 물었다. 안전한 사람 한 명만 병실에 출입시켜 주겠다고. 열 명이 넘는 사람이 서로의 얼굴만 바라보았다.

"너 최근에 검사한 적 있니?"

"아니야, 나도 안 했어."

"그런데… 한 명이라니 이게 무슨 말이야?"

예상치 못한 말에 모두 당황한 표정이었다. 우리의 상황을 알아챈 직원이 그러면 간이검사를 하여 음성이 나온 한 사람만 병실에 들여보내 주겠다고, 누가 할 건지 정하라며 자리를 비켜 주었다. 할머니의 임종을 자손 중 한 명만 지킬 수 있다니 이게 말이 되는 소리인가.

할머니의 자식들은 상의를 시작했다.

"당연히 큰형이 가셔야지."

"딸이 가야 하는 거 아니야?"

"아니, 위독하시다는데 한 명만 가는 게 맞아? 몇 명 더 해 달라고 해야지."

나는 '내가 가고 싶다'라고 말하고 싶었지만, 나에게까지 순서가 돌아오지 않을 것을 감지하고 한쪽으로 비켜 서 있었다. 짧은 언쟁 끝에 장남이 할머니를 보러 올라가는 것에 모두가 동의했다. 아빠가 간이검사키트 앞에 섰다. 직원의 손길은 너무나 어설펐다. 키트를 처음 보는 사람처럼 "이걸 어떻게 하는 거더라?"하고 옆 사람에게 묻더니, 설명서를 펴 놓고 손으로 짚어 가며 절차를 이어 갔다. 검사가 제대로 될까 싶은 동작들이었다. 이 과정은 비전문가인 내 눈에도 요식 행위처럼 보였다. 꼼꼼하고 완벽한 수행은 별개의 문제고 그저 절차를 밟았다는 기록만 남기려는 것 같았다. 얼마의 시간이 지난 후 직원은 아빠에게 '음성'을 선언하더니 방역복으로 갈아입으라고 했다. 방역복까지 입어야 하느냐고, 시간이 너무 지체된다고 가족들이 한마디씩 얹었으나 절차라 어쩔 수 없다고 했다.

아빠는 병으로 몸이 불편해서 일체형으로 만들어진 방역복을 혼자서 쉽게 입을 수 없었다. 마음이 급해진 나는 아빠에게 의자에 앉으라고 한 뒤, 아기에게 내복을 입히듯이 방역복을 아빠의 발끝에서부터 꿰어 입혔다. 아빠 손이 평소보다 더 덜덜 떨렸다. 방역 마스크에 페이스 마스크까지 쓰며 얼굴을 완전히 가리는 데만도 한참이 걸렸다. 그 사이 넷째 삼촌이 직원에게 "어머니가 돌아가시게 생겼는데 자식 한 명만 더 올라가게 해달라."라고 회유와 압박을 거듭하여 겨우 허락을 얻었다. 방역복을 입은 아빠가 병실로 올라가는 엘리베이터로 들어갔을 때 삼촌의 코로나 검사가 시작됐다. 제발 빨리, 부디 더 빨리.

제대로 된 코로나 검사도 하지 않을 거고, 반드시 한 명만 면회가 되는 것도 아니라면 대체 나는 왜 할머니를 지금 볼 수 없는 건가. 살던 집에서 깔끔하게 맞는 임종은 그려 본 적도 없다. 병실이든, 면회실이든, 인적 드문 복도에서든, 어디에서라도 좋으니 그저 할머니의 마지막 숨 쉬는 모습을 보고 싶었다.

삼촌이 음성 판정을 받고 방역복을 꿰어 입고 있을 때쯤 아빠가 일 층으로 내려왔다. 모두가 아빠를 바라보며, 어머니 괜찮으시냐고 물었다. 아빠는 파킨슨병 환자 특유의 걸음걸이로 가족들에게 다가오며 말했다.

"죽었어. 죽었어."

처음 들은 할머니의 사망 통보였다.

병실에서 짧게 수습한 후 할머니가 실린 침대를 일 층으로 내리기로 했다. 할머니가 몇 달 만에 병실을 벗어난다. 고모와 둘째 숙모가 병원 로비 바닥에 주저앉아 울었다. 두 사람의 통곡이 다른 사람들의 눈물을 앗아갔다. 누구라도 그만큼은 울 수 없을 것 같았다. 고모는 꼭 해야 할 말이 있었다고 했다. 긴 세월을 함께하면서도, 곧 할머니가 세상을 떠날 수도 있다는 걸 몇 달 동안 알았으면서도 고모는 그 한마디를 전하지 못했던 거다. 이렇게 우리는 헤어짐에 무방비하고 한편으론 어리석다.

두 사람의 울음소리가 끝나지 않을 것처럼 이어지자 아빠는 시끄럽다고 울지 말라며 호통쳤다. 우는 대신 소리를 지르기로 한 것 같았다. 아빠가 병실에 올라갔을 때 할머니는 이미 숨을 거둔 후였다고 한다. 그 사실이 가슴을 옥죄듯 아프게 했다. 가슴으로 느끼는 심한 압박감은 내 속에 있는 무언가를 사방에서 눌러대며 괴롭혔다. 딱 그 정도의 압력으로, 내려놓지도 터뜨리지도 못하게 하여 그곳에 묵은 것들을 오래 고이게 했고 결국은 슬픔인지 그리움인지 미안함인지 모를 죄책감을 머금게 했다. 나는 그 자리에서 울지도 못했고 소리를 지르지도 못했다.

잠시 후 흰 천을 덮은 할머니가 내려왔다. 원래 있던 대학병원에 할머니를 모시기로 했다. 거기가 할머니가 마지막까지 살던 곳, 나의 본가와 가장 가까운 장례식장이 있는 곳이었다. 대학병원 구급차가 생각보다 일찍 도착했고, 나는 할머니를 기다리던 일 층 로비에서 얼굴이 덮인 채 아직 온기를 품고 있는 그 몸에 다가갔다. 통곡하던 고모와 숙모가 할머니의 몸에 먼저 뛰어들고, 다음에는 점잖은 아들들이 다가갔고, 나의 순서는 마지막에 가까웠다. 문득 사람이 죽을 때에 가장 마지막까지 남아 있는 감각이 청각이라는 말이 떠올랐다. 할머니가 혼자서 얼마나 무섭고 외로웠을지 그 마음을 보듬고 싶었지만 '할머니'라고 부를만한 존재가 지금 얼마만큼이나 지상에 남아 있는지 나는 알 수 없었다. 정말로 꼭 해야 할 말만 해야 했다. 할머니가 마지막에 붙들고 갈 만한 것 말이다. 그래서 흰 천 안에 남아 있을 할머니의 귀에 대고 그 말을 전했다.

구급차에는 두 아들이 동행하고, 나머지 가족들은 택시를 타고 장례식장으로 이동했다. 할머니의 임종을 지키고 싶어 한 사람이 이렇게나 많았는데 결국 누구도 그분의 곁을 지키지 못했다. 할머니가 자신의 끝을 외롭게 받아들이고 있을 때, 나는 지금은 만나지도 않는 동료들과 웃고 떠들며 시간을 보내고 있었다. 시답잖은 농담을 나누고 언짢게 구는 상사나 후배를 욕하려고, 바쁘고 활기 있는 사람들과 좋은 에너지와 생기를 주고받고 싶어서, 나는 그 시간에 할머니를 잠시 잊고 있었다. 시간이 지나도 결코 잊을 수 없는 유일한 사람이던 할머니는 결국 혼자서 세상을 떴다.

Ⅲ

흔적과 기억과 시간

이상한 장례식장

　장례식장에 도착하자마자 할머니는 영안실로 옮겨졌다. 죽음 후에 고인이 가족들에게서 분리되는 것은 신생아가 탄생 후 엄마와 분리되어 신생아실로 옮겨지는 것과 비슷했다. 효율적으로 다음 일을 하는 데에 맞춤한 절차였다. 인생의 처음과 끝을 반으로 나누어 포갠 듯 비슷한 경험들이 여럿 쌓였다.

　직원이 할머니 몸에 덮여 있던 흰 천을 조금 내려 얼굴을 확인시켜 주었다. 가족들의 울음소리가 다시 들리기 시작했다. 할머니의 영면 소식을 들은 지 두 시간 남짓. 이제 할머니는 지상에 얼마만큼 남아 있을까.

　오랜만에 할머니의 얼굴을 바라보았다. 할머니는 눈을 꼭 감고 있었고 귀 쪽에는 눈에 띄는 상처가 있었다. 짧게 잘린 머리카락 아래쪽으로 날카로운 것에 베인 듯한 상처는 많은 상상을 가능케 하는 흔적이었다. 요양병원의 다인실에서 할머니가 홀로 겪었을 일을 생각하니 숨이 턱 막혀 왔다. 그러나, 그렇다고 해서, 누가 무엇을 어떻게 할 것인가. 이제 이곳엔 할머니의 몸뿐인데. 나는 할머니의 얼굴을 어루만지고 꼭 안았다. 실은 평생 내게 안정감을 주던 할머니의 주름진 손을 잡고 싶었다. 이번이 아무 제약 없이 할머니의 몸을 만질 수 있는 마지막 시간이란 걸 알았다면 그렇게 했을 것이다. 직원은 인사가 끝났냐고 물은 후 작은 이불처럼 생긴 천을 꺼냈다. 돌아가신 분의 귀나 코에서 피가 나올 수 있으니 압박하여 감싸 두는 것이었다. 할머니 얼굴은 앞도 보이지 않고 숨도 쉴 수 없게 가려졌다. 할머니는 이 상태로 발인까지 영안실에 모셔질 예정이었다.

다음에는 장례식장 일 층에 있는 사무실에 모여 상품을 정해야 했다. 빈소를 꾸밀 꽃장식과 제대의 높이, 조문객들에게 제공할 식사의 종류…. 종류가 여럿 있어 어떤 것을 해야 할지 모두가 망설이고 있을 때 둘째 숙모가 말했다.

"어머님이 죽으면 푸지게 해 달라 항상 그러셨어. 뭐든 제일 좋은 거로 해야 해."

가족들은 말의 진위를 가릴 정신이 없었고, 누구든 나서서 선택해 주었으면 하는 마음뿐이었다. 그래서 그 말에 떠밀리듯 가족들은 '그래그래, 비싼 걸 해서 나쁠 게 뭐 있겠어.' 하는 심정으로 가장 비싼 '1호'를 골랐다. 슬퍼할 새도 없이 해야 할 일들이 몰려들고 있었다. 식사는 한상차림이 되도록 묶여 있는 세트 중 하나를 골라야 했다. 우거짓국, 육개장, 소고기뭇국, 모둠전, 회무침, 멸치마늘종볶음, 절편, 콩떡… 일전에 경험해 본 조문 자리에서 내가 집어 먹었던 반찬이 어떤 것이었는지 세세히 기억나지는 않아도 육개장 대신 우거짓국이 나왔던 자리는 아직 기억하는 것을 보면, 식사 메뉴는 결코 쉽게 볼 것이 아니었다. 가장 구색이 맞고 대접한 티가 나는 메뉴가 선택되었다. 할머니는 보지도 못할 화려한 꽃장식도 선택되었다.

할머니는 진작에 수의와 영정사진을 준비해 놓으셨다. 장례 의식에 사용되는 물건 중 할머니가 미리 골라 둔 것은 이것뿐이었다. 할머니가 어색한 미소를 띠며 카메라를 바라보고 있는 영정사진이 준비 물품 쪽으로 분류되어 치워졌다. 할머니의 수의는 단단한 상자 안에 보관되어 있었는데, 장례 의식에 쓸 물품에 관해 상담하는 동안 자리가 부족하다는 이유로 직원이 자꾸 그 수의 상자를 바닥에 내려놓았다. 할머니의 옷이 바닥에 있는 게 싫어 테이블 위에 올려놓으면 또다시 누군가가 내려놓았다. 몇 번의 조용한 실랑이 끝에 사람 눈에 잘 닿지 않는 테이블 쪽으로 상자를 올려놓는 데에 성공했다. 유족들이 사라지기 무섭게 상자가 바닥에 내려지리란 사실을 모르지는 않았다. 아마 나는 사람 옷 함부로 바닥에 내려놓지 말라는 할머니의 말을 지키지 못했을 것이다.

할머니의 몸은 화장(火葬)한 이후 천주교 묘원에 안치될 예정이었다. 할머니가 다니던 성당을 통해 진작에 정해 놓은 곳이었다. 그러나 코로나로 세상을 뜨는 노인이 많았던 때라, 화장터 예약이 꽉 차 있어 삼일장을 지내지 못할 처지가 되었다. 굳이 삼일장을 고집한다면 묘원에서 멀리 떨어진 지역의 화장터로 모셔야만 했다. 유족들은 상의 끝에 사일장을 지내기로 했다. 상담 직원이 "요새 상황이참, 화장터 일정에 맞춰야 한다니까요. 허허." 하며 적당히 예의를갖춰 웃었다.

장례식장 입구에는 할머니의 사진과 이름, 유족들의 이름이 뜨는 안내 전광판이 있었다. 직원이 거기에 안내할 이름을 적어서 내면 올려 주겠다고 했다. 넷째 삼촌이 아들과 딸의 이름을 순서대로쓰고, 며느리와 사위 이름을 썼다. 손주들의 이름도 썼다. 장례안내문의 '손(孫)' 칸에 들어갈 이름들이었다. 나는 삼촌이 내 이름을 맨 앞에 쓰지 않는다면 절대 참지 않겠다고 생각했다. 이건 할아버지 회갑연에 어떤 손주가 먼저 술을 올리느냐 같은 문제가 아니었다.

삼촌은 생각나는 대로 뒤죽박죽 이름을 썼다. 다행히 내 이름이 가장 앞에 쓰였다. 그러나 나는 내 이름 옆에 내 동생 이름이 쓰이지 않았다고 결국 신경질을 부리고 말았다. 아픈 할머께 안부 전화도 제대로 하지 않은 사촌들의 이름이 내 옆에 붙는 걸 원치 않는다고. 직원은 그게 뭐 그리 중요한가 싶은 표정으로 그럼 다시 쓰라며 종이를 건넸다. 그러게, 그걸 대체 남이 어떻게 알겠나. 장례식장 입구의 전광판에는 할머니가 돌아가실 때까지 곁에 있었던 나와 동생의 이름이 손(孫) 칸의 가장 앞부분에 적혀 빛났다. 이게 어떤 의미인지 나 말고 대체 누가 안단 말인가.

새벽이 지나고 할머니의 장례가 시작됐다. 가족 모두 상복을 입고 조문객을 맞았다. 조문객 대부분은 할머니가 생전에 얼굴조차 마주친 적 없는 사람들이었다.

사촌 동생 두 명이 그들에게 누구와 어떤 관계인지를 물은 후 능숙하게 부의금을 정리했고, 나는 빈소를 오가며 국화를 정리하거나 조문객의 식사를 내오는 일을 맡았다. 실로 오랜만에 대가족이 한곳에 모였다. 어린 시절 명절 때마다 만나던 사촌들이 그때처럼 모였다. 각자 살아가는 모습이 조금씩 달랐는데도 세월을 뛰어넘은 듯 대화가 잘 됐다.

삼촌과 숙모들을 붙잡고 내 이야기를 하기도 했다. 내게 할머니가 어떤 의미인지, 내 어린 시절이 어땠는지, 나는 사실 엄마가 날두고 도망가거나 죽을까 봐 걱정한 적이 있는데 그게 아기엄마가 된지금까지도 불쑥불쑥 튀어나와 나를 괴롭힐 때가 있다고. 또 할머니 아플 땐 본 척도 안 하던 사람들이 무슨 낯으로 여길 찾아왔냐고. 무언가에 취한 듯 홀린 듯 속마음을 풀어놓았다. 사람들이 다짜증 나고, 다 불쌍했다.

그로써 내가 그들과 화해한 걸까. 평소 과묵하던 내가 속이야기를 온통 끄집어내며 울던 그 순간은 떠난 할머니가 걸어 놓고 간 마법이라고밖에 생각할 수 없었다.

그래, 장례식장은 조금 이상했다. 오랜만에 만난 친척들이 자기속내를 조금씩 꺼내어 놓고 그땐 그랬다고 고백하며 일종의 화해를하고 있었다. 빈소 같지 않게 가끔 까르르하는 웃음소리가 나기도했다. 나는 수십 년간 나만이 피해자라고 생각했었다. 하필이면 장손의 장녀로 태어나서 겪었던 일들과 성질 강한 할아버지와 오랜 세월 같은 공간에서 살며 형성된 성격이 몸서리치게 싫었고, 늘 아픈할머니와 늘 신경질 나 있는 엄마에게서 받은 영향 같은 것들이 끈질기게 나를 괴롭혀 왔기 때문이다. 그건 태어남과 함께 내 손에 쥐어진 폭탄 같은 것이었다. 그러나 삼촌과 숙모들이, 그리고 사촌들이 꺼내 놓은 이야기에서 그들도 나름의 괴로움과 싸우며 살아왔다는 걸 알게 됐고 그 점이 묘하게 위안이 됐다. '내 손에만 폭탄이 들려 있었던 것이 아니구나. 다들 그랬구나. 사는 게 그렇구나.' 싶었다.

어느새 장례식장에 화기(和氣) 같은 것이 감돌았다. 잠시 쉬다 빈소에 온 후에는 둘째 숙모를 따라 할머니 영정 앞에 절을 했다. 다시 국화를 올리고 향을 피웠다. 돌아가신 분께 차리는 예의를 자주 반복했다.

할머니가 오래 몸담았던 성당에서 장례 미사를 위하여 자매님들도 오셨다. 리더 격인 어르신은 매우 카리스마가 넘쳤는데, 요안나 할머님 부고를 왜 이렇게 늦게 알려 주었느냐며 유족들을 꾸짖었다. "코로나가…"라고 당시 모든 빈소에서 단골 대사로 나왔을 법한 변명을 시작하자, "역병이 어떻든 요안나 할머니가 돌아가셨는데 그렇게 하면 안 된다."라고 엄하게 호령했다. 그 단호하게 빛나던 눈빛을 잊을 수 없다. 자매님들은 장례 미사 책자에 나와 있는 대로 옛 성인들의 이름을 부르며 기도하고 성가를 불렀다. 성인들의 이름이 하나씩 불릴 때마다 그분들이 할머니 곁에 모여드는 모습이 보이는 것만 같았다. 기도가 모두 끝났을 때 할머니는 많은 성인의 품 안에 아기처럼 안겨 편안한 미소를 띠고 있었다. 할머니가 가장 바랐을 마지막은 이런 모습이었을 거다.

　입관식을 할 시간이 다가오자 젊은 여성 장례지도사가 빈소에 찾아와 할머니의 신원을 확인해 줄 사람을 찾았다. 동생이 자기가 하겠다고 먼저 영안실에 올라갔고, 나도 그 뒤를 따랐다. 다시금 할머니의 죽음과 마주해야 하는 순간이 왔다.

　장례지도사가 영안실 안쪽에서 천으로 감싼 할머니의 몸을 모시고 나왔다. 그리고 얼굴을 묶어 둔 천만을 풀어 할머니가 맞는지 물었다. 할머니의 얼굴은 코뼈가 내려앉은 듯 편평해져 있었다. 그도 그럴 것이 할머니는 더는 호흡하지 않는 사람이었고 온몸을 지탱하는 힘 또한 사라진 지 오래였다. 우리 할머니가 맞다고 이야기하자 장례지도사는 '잘 모셔 드리겠다'라고 친절하고 정중하게 이야기하더니 잠시 후 가족들과 함께 올 장소를 안내해 주었다.

　약속된 장소에 갔을 때 할머니는 이미 염습이 끝난 상태로 하얀 얼굴만 드러내고 있었다. 수의까지 깨끗하게 입은 상태였다. 유족 앞에서 염습하지 않고 그 결과만 보여 주다니, 내가 알던 절차와 달라서 적잖이 당황했다. 그러나 고인을 닦는 절차가 아기 목욕시키듯 부드럽게 진행되지 않는다는 사실을 알기에 차라리 보지 않는 편이 나았을 것 같기도 했다.

나와 대화했던 젊은 여성 장례지도사와 중년 남성 지도사가 함께 서 있었다. 할머니 염습은 젊은 여성이 해 주었으면 좋았겠다는 생각이 들었지만 되물어 확인하지는 못했다. 가족들이 할머니가 마지막까지 쓰던 나무 묵주를 전했다. 중년 남성 지도사가 왜 이걸 이제 주느냐며 가볍게 짜증을 내더니 할머니를 싸맨 수의 가슴께를 들추어 굳은 손에 억지로 묵주를 잡아 주었다. 가족들은 그걸 지켜보기만 할 뿐 누구 하나 말을 얹지 못했는데, 행여나 그 사람의 신경을 건드려 입관 후의 할머니가 함부로 대해질까 봐 우려하는 마음이 모두 같았기 때문이었다.

　　입관 전 한 명씩 마지막 인사를 하는 시간이 주어졌다. 할아버지는 할머니의 얼굴을 어루만지며 당신도 데려가 달라고 울었다. 사촌 동생들도 왈칵 눈물을 쏟으며 할머니께 다가갔다. 그러자 내게 조금 비뚠 마음이 생겼다. 할머니의 근황에 별 관심이 없었을, 평소에 연락도 없던 손주들이 진지한 얼굴로 할머니에게 마지막 인사를 건네는 장면이 우스웠다. 어떤 연극을 하는 것 같았다. 세상을 뜬 사람에게 응당 이 정도의 눈물을 쏟고 애도해야 한다는 걸 사회적 감각으로 알고 있는 자들의 연극. 그 역할에 따라 자신의 맡은 바를 충실히 수행하고 있는 것 같았다. 바쁘다고 그 자리에 오지 못한 동갑내기 사촌 하나가 차라리 더 진실해 보였다.

숙모 하나는 닫혀 버린 할머니 귀에다가 "어머님, 예수 믿고 천국 가세요."라고 모두가 들을 수 있게 속삭였다. 그 속내가 무엇일까 꽤 오래 생각했다. 할머니가 천국에 갈 수 있으리라는 확신? 할머니의 넋을 향한 위로? 할머니께 마지막으로 건넬 말이 그것이라니 아무래도 할머니의 소중함이 누구에게나 같은 크기로 존재하는 것은 아니었던 것 같다. 그런 게 씁쓸했다. 스무 명 가까운 사람이 좁은 공간에 뒤섞여 몇 초도 되지 않는 마지막 인사를 건네는 대신, 할머니를 사랑하는 순서대로 시간이 분배되었다면 나는 더 충분히 애도할 수 있었을 것이다.

이제껏 사람들은 할머니의 존재를 '얼굴'로만 확인하게 했다. 그것이 사람의 신원을 확인하는 가장 확실한 방법일 테니까. 하지만 할머니는 내게 그것보다 훨씬 큰 존재였다. 나는 나무토막처럼 굳은 할머니의 등을 기억하고, 할머니의 작은 품에서 풍기던 오래된 책장 냄새를 기억한다. 요란하던 할머니의 웃음소리를 기억하고, 음절을 늘어뜨리며 발음하던 '옌장' 맞을 것들을 기억한다. 할머니의 느리고 불편하지만 차분한 걸음걸이와 할머니가 새벽녘에 읊던 기도문 소리, 나를 먹이고 입히고 씻기던 그 손을 기억한다. 다시 찾은 할머니의 손은 이제는 나를 쓰다듬어 주지도, 내가 쓰다듬지도 못하게 수의 속에 꽁꽁 싸매어져 있었다. 그렇게 나는 할머니를 이루는 모든 것을 다시는 보거나 듣거나 만지지 못하게 되었다.

관은 장남인 아빠와 남편인 할아버지가 덮었다. 할머니가 가고 난 후 찾아왔던, 가족에 대한 원망과 우애 같은 것들이 그 본연의 빛깔을 알 수 없게 뒤섞였다. 한 사람의 죽음 뒤에 오는 것이 끝없는 절망만은 아니란 것에 조금 안도했다.

할머니를 모시고 화장터에 간 날, 온종일 이슬비가 흩뿌렸다. 화장터 직원들은 기계적으로 대기 번호표를 주고 유골함의 종류를 설명하고 할머니를 모신 관을 날랐다. 고작 며칠 만에 장례 산업 종사자들의 무심한 모습에 익숙해졌다. 그들에게 타인의 죽음이 별 의미가 아니란 걸 받아들여야 했다. 그래야 마음이 편했다.

한참을 기다려 할머니 차례가 되자 모든 가족이 화장로 앞에 모였다. 가족들이 있는 공간과 화장로 사이에는 두꺼운 유리 벽이 있어 안쪽에서 나는 소리를 전혀 들을 수 없었다. 화장로의 문이 열리는 소리나 불이 이글거리는 소리 중 무엇 하나 들리지 않았으나, 대신 나는 엄마가 어깨를 들썩이며 우는 소리를 들었다. 엄마는 화장로 문이 닫힐 때까지 할머니께 인사하듯 손을 흔들며 울었다.

할머니의 묘원까지 가는 데 그리 많은 시간이 걸리지는 않았으나, 할머니를 모실 봉안묘가 언덕에 있어 모두가 걸어서 오르막을 타야 했다. 다행히 그쯤 해서는 추적거리던 비가 그쳤다. 검은 상복을 입은 가족들이 일렬로 줄을 맞추어 걸었다. 언덕 위 할머니의 묫자리에 우묵한 구덩이가 파여 있었다. 우리가 올 것을 알고 관리인이 미리 준비해 놓은 것이었다. 구덩이 안에 할머니의 유골함과 나무 묵주를 모시고 그 위에 국화를 던져 가며 흙을 덮었다. 나는 허리를 구부려 할머니 위에 국화를 조심히 얹었다. 감히 할머니께 꽃을 던져서 드릴 수 없었기 때문이다. 예쁘고 정성스러운 것은 손에서 손으로 전해 주어야 한다는 것도 할머니가 내게 가르쳐 준 것이었다. 할머니와 악수하듯 국화 한 송이를 전했다. 이불을 덮어 드리듯 흙 한 삽도 얹었다.

그곳에서 첫 제사를 지내고 집에 오는 길에 근교의 해장국집에 들렀다. 불처럼 뜨겁고 매운 국물을 후후 불어 함께 먹는 시간으로 할머니를 보내 드리는 절차를 마쳤다. 직장에 다니는 사촌들의 복무 처리를 위하여 삼촌 한 분이 사망진단서를 여러 장 복사해서 가지고 왔다. 내가 동생들을 나이순으로 불러내어 한 장씩 사본을 나누어 주었다. 나는 휴대폰 캘린더를 열어 '할머니 기일'이라는 일정을 써넣고 매년 반복해서 뜨도록 설정해 놓았다. 동생이 옆에서 내 손을 잡아 주었다. 할머니의 몸은 당신이 떠난 지 며칠 만에 따뜻한 흙 속으로 사라졌다.

21

모두 기도하라

요안나 할머니의 유족들은 빈소를 정리하며 부의금을 어떻게 할 것인지 고민했다. 할머니의 아들 다섯과 딸 하나는 우애가 깊기로 유명했는데, 그들은 자신들의 끈끈한 우애가 지속될지, 그렇지 못해 남보다 못한 사이가 될지를 가르는 기점이 지금이라는 걸 잘 알고 있었다. 오랜 사회생활로 얻어들은 바가 무척 많았기 때문이다.

그들은 빈소를 차린 지 이틀째 되는 날, 조문객이 적은 시간을 이용하여 신속하게 회의를 열었다. 이미 퇴직한 늙은 장남은 부의금 에 대해 어떤 주장도 하지 않고 입을 다물었다. 수십 년간 노쇠한 부모님을 모셔 왔고 지금도 홀로 남은 아버지를 모시고 있으며 친 족 내 대소사에 늘 참석하여 조의금이니 축의금이니 온갖 사회적 비용을 감당해 온 장남이었다. 장남의 침묵은 그 고생에 대한 보상을 굳이 여기서 주장하고 싶지 않다는 말과 같았다. 그 탓에 동생들도 감히 자기 생각을 먼저 이야기할 수 없었다.

장남의 아내는 그녀의 큰딸에게 "들어온 대로 나눠서 가져가는 게 제일 문제가 없을 거다."라고 속삭였다. 그녀의 큰딸은 늘 양보하는 부모의 모습이 조금 한심하다고 생각했고, 그럼에도 불구하고 할머니가 기뻐할 일이라면 그렇게 하는 게 맞겠다고 생각했다.

그때 왕성한 사업가로서 인맥이 넓어 조문객도 많을 것인 둘째 아들의 아내가 급진적인 제안을 했다. 부의금에서 장례에 사용되는 비용을 제하고 남은 것을 내내 고생할 젊은 조카들에게 나누어 주는 것이 어떠냐고. 그녀가 믿을 수 없을 만큼 거국적인 제안을 하자 모두가 조금 얼떨떨해했다. 그리고 이내 박수가 나왔다. '그래. 그게 요안나 할머니가 원하던 바였을 거야!'라는 느낌이었다.

무슨 생각을 하는지 통 알 수 없는 셋째 아들은 거기에 별 반응을 하지 않았다. 그의 아내도 마찬가지였다. 넷째 아들은 좋은 게 좋은 거라고 웃었고 그만큼이나 시원시원한 그의 아내도 어머님이 좋아하실 것 같다고 말했다. 평생을 주부로 산 딸이나 퇴직 후 먼 지역에 터를 잡고 사는 막내아들은 발언권이랄 것이 없었고 다만 평화로운 빈소 분위기에 안도할 뿐이었다.

꼼꼼한 손주 세 명이 빈소에 딸린 작은 휴식 방에 모여 부의금의 총액을 정리했다. 예상과 달리 사업가인 둘째보다 넷째의 인맥으로 빈소를 찾은 조문객이 많았고, 그다음이 장남 인맥이었다. 부의금 처리가 합의된 날 이후 약삭빠른 자녀들이 자기 앞으로 올 몫을 다른 방식으로 받아둔 건 아닌지 못난 의심이 고개를 들었다. 이런 상황과 장소에서까지 이토록 세속적인 의심에 휩싸인 내가 싫었다. 하지만 자애로운 요안나 할머니가 다 알고 계실 거라는 생각에 닿자 날카롭게 곤두섰던 신경이 이내 누그러졌다. 혹여나 벌할 일이라면 할머니가 하시겠거니, 생각하면 마음이 편했다.

할머니 손주 열두 명에 손주사위와 손주며느리의 손에까지 현금 봉투가 쥐어졌다. 장례를 치르는 동안의 수고로운 정도가 참작되지는 않았다. 할머니의 장례라는 제목 아래 그런 걸 따지는 건 너무나 불효처럼 느껴졌다. 그래서 사흘 밤낮을 장례식장에서 머물렀던 나와 얼굴 한번 비추지 않았던 사촌 동생이 같은 두께의 봉투를 받아도 진심으로 아무렇지 않았다. 할머니의 마지막 길을 지키고 배웅하는 것은 내가 응당 해야 할 일이었고 하고 싶은 일이었으니까. 봉투에는 할머니가 주는 마지막 용돈이라는 말이 덧붙었다. 난 이걸 내 멋대로 쓸 수 없겠다고 생각했다. 할머니가 원하는 방식은 무엇일까.

삼우제를 지낸 후 나는 할머니가 마지막까지 다니던 성당으로 갔다. 성당에는 '연미사'라는 것이 있다. 죽은 자를 위한 미사다. 봉헌금과 함께 미리 접수해 놓으면 미사를 집전하는 신부님이 기도 중에 그들의 이름을 불러 준다. 절차 같은 것을 잘 몰랐던 나는 무작정 성당 사무실 접수대에 가서 내가 받은 봉투를 그대로 드린 후 요안나 할머니 연미사를 신청하고 싶다고 말했다. 그들은 몇 가지 정보를 확인한 후 이번 주말 미사에 할머니의 이름이 올라갈 거라고 했다. 동생도 나를 따라 할머니의 연미사를 접수해 그다음 주말 미사에도 할머니의 이름이 올라갔다. 앞으로 2주간의 미사에 참례하는 모든 이가 요안나 할머니의 이름을 들으며 함께 기도해 줄 거였고 그러면 할머니는 평온하고 두려움 없이 원하는 곳에 도착할 수 있을 것 같았다.

그 무렵 요안나 할머니의 하나뿐인 딸 김현갑 씨는 온갖 신경증이 다 올라와 있는 상태였다. 마지막까지 엄마에게 전하지 못한 말들이 있었음은 물론, 임종을 지키지 못했다는 자기 원망이 김현갑 씨를 끈질기게 괴롭혔다. 큰오빠의 병증이 날로 심해지는 것도 김현갑 씨를 괴롭히는 원인 중 하나였다. 내가 할머니의 연미사를 신청했다는 소식을 듣자, 고모는 부리나케 전화해서 이것저것을 물었다.

그러고는 그 돈을 한꺼번에 다 주었냐, 한 주에 만 원씩 했으면 몇십 번을 넣을 수 있었을 텐데 성당에서 그런 거 안 가르쳐 주더냐, 하며 "아니, 어떻게 그럴 수가 있어! 그걸 신도한테 알려 줬어야지! 내가 성당 사람들한테 물어보니까 죽은 사람한테는 백일 연미사 넣어 줘야 한다더라. 내가 오빠랑 동생들한테 얘기해서 곗돈 모은 거 백일 연미사 넣자고 했다. 다 오케이했다. 너 근데 그 봉투를 왜 한꺼번에 줬니. 그거 나눠서 했으면 진작 백일도 더 했겠다. 성당 믿지 말고 네가 날짜 계산해라."라고 퍼부었다. 그렇게 몇 번씩 짜증을 내거나 울거나 기운 빠진 고모의 목소리와 통화를 했다. 말하자면 그건 고모의 애도 방식이자 기도였다. 고모는 그런 식으로 기원했다. 성당 사무실에 전화해서 날카롭게 항의하는 방식으로, 우리 엄마 일인데 어떻게 그럴 수 있냐고 윽박지르는 방식으로, 엄마가 좋아할 법한 일을 찾아 큰 조카에게 전화하여 지시하는 방식으로. 고모는 자신의 죄책감을 무겁게 짊어지고서 할머니의 안녕을 기원했다.

요안나 할머니의 아들들에게는 균열 없는 일상을 살아가는 것이 애도이자 기도였다. 산과 같던 어머니를 잃은 상실감은 삼우제가 끝나고 직장으로 복귀해야 할 때가 오자 서랍 속에 꼭꼭 숨겨 놓아야 할 것이 되어 있었다. 요안나 할머니는 무척이나 장수하며 아들들과 오랜 시간을 함께했으므로, 그들이 감당해야 할 상실의 크기가 생각보다 작았을지도 모르겠다.

모친상을 치른 얼굴들이라기엔 너무나 멀쩡하고 편안해 보여 잠시나마 혼란스러웠다. 그러나 할머니가 아들들에게 바랐던 것이 자기가 일군 가정에서 최선 다해 사는 것, 해야 할 일을 꾸준히 하며 사는 것임에는 의심의 여지가 없었다. 그들이 할머니의 소망을 이루고 있는 것으로 생각하면 이내 이해가 됐다.

요안나 할머니의 큰 며느리 이경신 씨는 문자 그대로, 기도로써 애도했다. 이경신 씨는 오래 두고 보아 온 시어머니를 위하여 미사를 드리고 봉헌을 바쳤다. 그녀는 친정 부모님을 꽤 일찍 여의었는데 그분들의 기일이 돌아올 때마다 혼자 성당에 가 조용한 추모를 이어 가던 중이었다. 이제는 그 명단에 요안나 할머니가 오른 것이다. 이경신 씨의 움직임은 너무도 고요해서, 누구도 그녀가 기도하고 있다는 것을 몰랐다. 오직 나만이 손안에서 바쁘게 돌아가는 묵주를 보며 오늘도 엄마가 기도 중이라는 걸 알았다. 그녀의 일상은 기도로 유지됐다. 그녀는 틈만 나면 기도 초를 바쳤다. 살아 있는 가족들과 세상을 뜬 어른들을 위하여 초에 불을 켰다. 죽은 사람들이 지상에 남겨 두고 간 애달픈 가족들을 기꺼이 살펴 달라고 빌었다.

이제 나는 그 기도에 빚을 지고 세상을 살아간다. 기도하는 엄마의 뒷모습은 할머니의 그것과 똑같이 닮았다.

　나는 어떤 경전을 오래 읽었다. 할머니가 믿던 신에 관한 것도 아니었고 다른 가족들이 익숙하게 받아들일 만한 내용도 아니었다. 다만 죽음 이후의 세계가 어떤 것인지 몰랐기에 할머니가 붙잡을 수 있는 것들을 최대한 많이 만들어 두고 싶었다. 할머니는 죽은 후 천사들의 비호를 받으며 천국 문을 열었을지도 모르고, 연옥이라는 곳에서 한동안 지내며 아흔 인생을 반추하고 있을지도 모른다. 또는 내가 모르는 어떤 세계에서 소중하고 귀한 아기로 다시 태어나 사랑받으며 자라게 될지도 모른다.

　나는 좋은 것들만 기원했다. 겁 많은 할머니에게 더는 무섭거나 외로운 일이 없도록, 매일매일 할머니를 생각하며 기도했다. 그 무렵에는 항상 -심지어 주말 나들이할 때도- 기도문을 챙겼다. 매일 같은 시간에 기도문을 읊으면서 한계 없이 상승하는 할머니를 상상했다. 죽은 사람은 인간의 지력으로 알지 못할 어떤 곳을 향해 상승하는 방식으로 이동할 것 같았다. 누군가가 할머니 곁에 함께해 주었으면 했으나 거기까지는 알 길이 없었다. 내가 소리 내어서 하는 기도가 어떤 기이하면서 신비로운 형체로 변하여 상승하는 할머니를 돕고 있지는 않을까. 상승하는 속도를 지상에 있는 내가 따를 방법이 없어서, 내가 당장 숨을 거두게 된다 해도 할머니를 따라잡지는 못할 거라고 생각했다. 그렇다면 우리는 다시 만나지 못하겠구나. 내가 마지막에 할 수 있는 일은 기도와 기원과 할머니를 떠올리고 오래 묵상하는 일뿐.

그렇게 모두가 같은 마음으로 기도했고, 그러는 동안 시간도 착실하게 흘러갔다.

할머니의 묘원에서

할머니의 마지막 흔적이 자리한 장소는 도시의 서쪽 외곽에 있었고, 나는 주말 중 하루를 할애해서 거기에 들르곤 했다. 할머니를 만나 기도문을 읊고 인근에 있는 경치 좋은 식당에서 식사하면 적당히 시간이 맞았다. 할머니를 만나러 가는 날은 동행과 맛있는 식사를 하는 날이기도 했다.

할머니의 묘원은 총 8기를 안장할 수 있다는 가족 봉안묘다. 생전에 할머니가 주변을 둘러보고 흡족해했던 곳이기도 하다. 이제껏 텅 비어 있던 그곳에 할머니가 가장 먼저 입주한 셈이다. 아마 두 번째는 할아버지가 될 가능성이 클 것이다. 가족 봉안묘라고는 하지만 그곳에 안장되기를 미리 거부한 이도 있었다. 이미 지방에 있는 선산에 묻히기로 되어 있다고 선언한 이도 있었다. 그걸 듣던 엄마는 내게 툭 하고 질문을 던졌다.

"너 나중에 저기 들어갈래?"

정말 궁금해서 하는 순수한 질문이었겠지만 좀 우습게 들리기도 했다.

"아니. 나한테까지 순서가 올 것 같지도 않고, 꼭 들어가고 싶지도 않아."

"그래."

"엄마는? 엄마는 저기 들어갈 거야?"

"아니, 내가 미쳤니. 절대 안 들어갈 거야."

엄마의 답은 단호했다. 이내 엄마는 죽어야 끝난다고 오랜 세월 생각하고 되뇌어 왔지만, 지금은 엄마의 일부가 되어 굳이 도망가고 싶지도, 끊어 내고 싶지도 않은 그 질긴 인연들에 대하여 생각했을 것이다. 그리고 죽음을 계기로 그 천금 같은 기회가 찾아왔을 때, 굳이 지상에 남기고 가는 흔적까지 맞대가며 영원토록 이들과 붙어 있고 싶지 않다고 생각했을 것이다. 엄마는 당신이 원하는 마지막을 솔직하게 말했다.

"나 봉사 다니는 성지 알지. 거기 큰 나무 있어. 한강이 다 내려다보이는 데야. 그거 내 나무로 혼자 정해 놨어. 화장하면 벽제에 산골할 수 있는 데가 있으니까 거기다 두고, 묘비 만들지 말고, 나보고 싶으면 나무 보러 오고 그러면 된다."

나는 괜히 눈물이 나서 퉁명스럽게 대꾸했다.

"그건 내가 알아서 할 거야. 엄마 죽으면 엄마는 선택권 없는 거알지?"

"그래도 그렇게 하고 싶어."

"됐어. 나는 엄마 동해에다 뿌리고 아빠는 서해에다 뿌릴 거야. 두 사람 이제 다시는 만나지 말라고. 절대로 다음 세상에서도 만나지 마셔."

나는 내가 하는 터무니없는 말들이 엄마에게 위로가 되기를 바라며 일부러 투정했다.

좁다란 가족 봉안묘에 함께 영면할 여덟 명이 과연 누가 될까. 나도 엄마도 동생도 아닐 것이고, 둘째 삼촌 내외나 셋째 삼촌 내외도 아닐 것이고, 할머니와 할아버지가 널찍한 그 집을 여유롭게 쓰게 될지도 모르겠다는 생각이 들었다. 그렇게 남은 사람들끼리 제 죽음 이후를 그려 보는 시간이 종종 생겼다.

할머니가 잠든 자리 바로 앞에는 성모 마리아상이 있다. 새하얀 색으로 시작했을 것이나 비바람에 색이 바래 지금은 꽤 낡은 느낌이 나는 상이다. 그 성모 마리아상은 어떤 감정도 읽어 낼 수 없는 표정을 하고는 할머니 자리에 그늘을 만들어 주었다. 할머니는 성모님의 가호를 받으며 시원한 그늘에서 편히 쉬었다. 그래서 얼마 후 엄마가 말했던 봉사지의 큰 나무 앞에 방문했을 때, 그곳 또한 흰 성모상이 내려다보는 장소란 걸 알게 되고는 엄마의 소원을 들어줄 수밖에 없겠다고 생각했다. 내 아이에게 내가 필요하고 나 또한 여전히 엄마가 필요하듯, 엄마들도 자기를 살피고 기도해 줄 엄마를 그리고 있으리란 걸 비로소 이해할 수 있었다.

"엄마, 여기 위치 좋네. 눈이 시원해."

"그치? 탁 트인 데에서 오래 쉬면 좋을 것 같아."

"여기 기억해 둘게. 엄마 원하는 대로 할게."

"그래, 알았어. 아직 십 년은 더 지나야 할 텐데, 뭐."

"더 살다 가. 애기 스무 살 되는 것도 보고."

엄마는 그게 내 맘대로 되느냐고 웃었다.

묘원 근처에 있는 이름난 고깃집 방문은 할머니를 만난 후 들르는 정해진 코스였다. '○○갈비'라는 상호가 붙어 있는 그 식당에는 어린아이들이 뛰어놀 수 있는 정원이 크게 딸려 있었다. 정원으로 나가는 길은 여름이면 나무가 빽빽하게 우거졌고 가을 경치 또한 일품이었다. 키 큰 나무들이 하늘을 가려 주었고 그 사이사이로 부서지는 햇살이 이마에, 코에, 어깨와 손에 와 닿았다.

거기에 가면 항상 돼지갈비를 사람 수만큼 시켰다. 불판에서 치이익 소리를 내며 구워지는 돼지갈비의 달큰한 냄새가 올라올 때마다 나는 군침을 삼켰다. 우리가 앉은 테이블 양옆에는 가족 단위 손님이 많았다. 서로 한마디 대화도 하지 않고 휴대폰에만 시선을 고정한 채 식사를 이어가는 사람도 많았다. 그런 장면을 볼 때마다 '얼굴 볼 수 있을 때 많이 봐 두는 게 좋을 거예요'라는 말이 목구멍까지 차올랐다. 나는 더는 할머니의 얼굴을 볼 수 없고 손을 만지지도 못하기 때문이었다.

아이를 위해서는 달걀찜과 공깃밥을 따로 시켜야 했다. 그 고깃집에 할머니와 같이 갔어도 그 메뉴를 꼭 주문했을 것이다. 고기를 편히 드시지 못하는 할머니를 위해 우리가 먼저 소화가 잘되는 음식을 찾았을 테니까. 아이는 하루가 다르게 커 가며 소화기관이 튼튼해졌고, 곧 어른과 다름없이 먹을 수 있게 되었다. 그런 이후에는 따로 달걀찜을 시킬 일이 없어졌다. 아이는 놀라운 속도로 고기를 먹어 치우는 사람이 됐다. 이제 남은 가족 중에 고기를 못 먹는 사람은 없다.

떠난 할머니를 만나는 일에 이런 기억들이 얇게 한 겹씩 덧씌워졌다. 할머니가 모르는 우리만의 일이 덧붙었다. 코로나가 잠잠해지고 얼마 후 그 고깃집은 폐업했다. 주차장 한가운데에 서 있던 상징물 같은 것이 무참히 파헤쳐져 바닥에 드러누워 있는 것을 보고 나도 모르게 울컥한 감정이 올라왔다. 할머니와 함께 온 적이 없는 곳인데도, 할머니와의 다정한 추억을 빼앗긴 듯한 감정을 느꼈다. 이상한 일이었다.

그 후로는 어디를 가도 그곳 같지 않았다. 길 건너 멀지 않은 곳에 큰 요식업 브랜드에서 세운 삼 층짜리 음식점이 있었다. 비슷한 고기 메뉴를 파는 데다가 넓은 주차장에 별채에 라이브 가수 공연까지 있는 곳이었지만 그렇다고 그곳이 할머니를 반가이 뵙고 들르는 데에 어울리는 곳 같지는 않았다. 조금만 더 차를 타고 나가면 큰 베이커리 카페며 소박한 개인 카페며 곳곳에 먹을거리와 즐길 거리가 넘쳤지만, 거기에서는 할머니 냄새가 나지 않았다. 시간이 흐를수록 할머니를 기억하는 방식들이 세상에서 조금씩 사라지거나 변형되었다.

봉안묘 안에서 할머니의 흔적은 이미 흙과 구분할 수 없게 사라져 버렸을 것이다. 그렇다면 내가 할머니를 붙잡는 방법은 이제 정말 '기억' 뿐인 걸까. 할머니가 남긴 것들이 내게서 사라지지 않게 붙드는 방법뿐일까. 그런 생각을 할 때면 집으로 돌아오는 길이 조금 울적했다.

꽃분홍색 외투와 돋보기안경

할머니가 세상을 뜨던 날, 요양병원에서는 할머니가 입원할 때 입었던 옷가지들을 비닐봉지에 담아 할머니 몸이 실린 구급차에 실어 보냈었다. 고인의 마지막 물품을 유족에게 건네준 것이다. 할머니는 대학병원에 입원한 후 집으로 퇴원하지 않고 요양병원으로 이동했었으므로, 정확히 말하자면 몇 개월 전 그 겨울에 할머니가 입원하러 가며 입었던 일상복이었던 셈이다. 익숙한 할머니의 옷더미가 보였다. 무릎까지 오는 꽃분홍색 경량 패딩과 두르기 편해서 자주 하던 짧은 분홍색 목도리가 있었다.

염습이 끝난 후, 할머니가 숨을 거두던 순간에 입고 있던 낡은 입원복을 돌려받았었다. 깨끗이 세탁해 가며 노인들끼리 돌려 입었을 공용 입원복이지만, 죽는 순간에 입은 특별한 옷이 되어 유족들의 손으로 돌아왔다. 할머니가 입기엔 너무 큰 옷이었다. 소매를 몇 번씩 접어서 입어야 했을 것이다. 할머니가 마지막으로 입고 있었던 옷이라는 생각에 나는 그 두툼한 천에 얼굴을 묻고 한참 있었다. 할머니에게서 나던, 초봄 흙에서 나는 것 같던 냄새를 맡고 싶어서였다. 그러나 거기에서는 약품 냄새만 났고 할머니 냄새는 찾을 길이 없었다.

할머니가 세상을 뜨던 날, 장례에 필요한 절차를 밟고 본가에 들러 할아버지를 만났었다. 할아버지는 할머니와 함께 쓰던 방에서 눕지도 서지도 못한 상태로 다리를 모으고 앉아 엉엉 울고 있었다. 나는 할아버지의 손을 잡고서 "너무 울지 마세요."라고 말했다. 당연히 제대로 된 위로였을 리 없다. 무슨 말을 해야 했을까. 내가 전혀 괜찮지 않은데 할아버지께 다 괜찮다고 말할 수도 없었을 것이고, 사는 동안 뭘 잘해 줬다고 우냐며 억박지를 배짱도 없는데. 몇 십 년 만에 할아버지의 손을 맞잡은 것으로 대신할 수밖에.

장례를 마치고 할머니의 영정사진을 집 어디에 두어야 하나 고민하던 가족이 그걸 TV 옆 바닥에 잠시 세워 내려놓았을 때 할아버지는 불같이 화를 냈다. 어떻게 할머니 사진을 짐짝처럼 대할 수가 있냐고 말이다. 할아버지는 영정사진을 챙겨 두 분이 쓰던 방에 있는 할머니의 기도 책상에 올려 두었다. 할머니가 생전 가장 많은 시간을 보낸 곳이었으니, 적절한 장소를 찾은 것 같았다. 할아버지는 할머니가 떠난 지 일주일 후에 자꾸 간 사람 생각이 나서 괴로우니 할머니의 옷들을 모두 치워달라고 말했다. 행거에 정갈하게 걸려 있던 할머니의 외출복부터 모두 치워졌다. 그걸 치우는 것은 맏며느리인 엄마 몫이었다.

나는 일찍이 할머니의 꽃분홍색 외투를 챙겨 놓았었다. 한동안 '할머니'라는 단어만 들으면 서러운 울음이 쏟아져 나왔기에 그 외투를 할머니처럼 품에 안고 울음이 잦아질 때까지 견디었다. 분홍색 목도리도 챙겨 날이 풀릴 때까지 하고 다녔고, 가끔 아이의 목에 둘러 주기도 했다. 부드럽지도, 예쁘지도 않은 목도리를 하고 다녔던 이유는 할머니를 어떤 방식으로든 붙들고 싶어서였던 것 같다.

본가에서 챙겨 온 옷이 하나 더 있다. 할머니가 특별한 자리에 갈 때 입던 요란한 무늬의 재킷이다. 대체 뭘 형상화한 건지 알 수 없는 복잡한 무늬들이 엉켜 있었고 바탕이 되는 색은 무려 형광빛이 도는 연두색이었다. 얼핏 보면 자유분방한 이십 대 대학생의 난해한 패션 같아 보이기도 하는 옷이었다. 나는 여기에도 할머니의 어떤 것이 서려 있을 것 같다고 생각했고 몰래 가져와 집에 보관해 두었다.

　망자의 옷을 살아 있는 사람이 가져오거나 보관하는 것은 금기라고 한다. 관습대로라면 물건을 모두 태워 버려야 했다. 그러나 이제는 개인이 허가 없이 소각하는 행위가 금지되어 있다. 만약 법적으로 가능하다 해도 도시 한복판에서 그걸 실행할 방법을 찾기는 어려울 것이다. 한참 인터넷을 뒤지다가 유품 소각을 대행해 주는 업체가 있다는 것을 알게 됐다. 유품을 정리하는 일도 돈이 드는 상품이 되어 있음에 놀랐다.

　할머니 옷을 정리할 방법을 찾아 여러 정보를 그러모으고 있을 때, 총책임 역을 맡은 엄마는 할머니가 남긴 옷을 의류 수거함에 넣을까 단체에 기부할까 고민 중이었다. 그러나 어떤 경로로든 죽은 사람의 물건을 생판 남이 받는 것이 꺼림칙했던 엄마는 결국 할머니 옷을 '생활폐기물'로 처리했다. 엄마의 차갑고 사무적인 태도가 가족을 대하는 모습 같지 않아 서운했다. 할머니의 외투 두 벌을 챙겨 둔 것이 조그만 위안이 될 뿐이었다. 나는 이사할 때도 꽃분홍색 외투와 형광빛 재킷을 따로 챙겼다. 이렇게 하면 할머니가 낯선 곳으로 이사한 나를 찾아오기 쉬울 것 같았다. 내가 어디에 살고 있는지를 당연히 할머니도 알아야 하지 않나. 나는 평생 이 옷들을 버릴 수 없을 것 같다.

할머니에게는 애착 지팡이도 있었다. 소중해서 매일 가지고 다닌 건 아니었고, 허리가 굽으며 거동이 불편해지는 바람에 필수품이 되어 버린 거였다. 노화로 인해 할머니는 허리가 옆으로 굽었었다. 체형을 가리는 평퍼짐한 옷을 입어도 몸이 한쪽으로 쏠려 있다는 느낌이 확연히 들었다. 고칠 수 있는 게 아니라고 생각했는지, 할머니는 굽은 허리를 치료해서 펴 달라는 요청을 한 번도 하지 않았다. 대신 자식들이 이 지팡이 저 지팡이를 사다 날랐다. 그중에 채택된 것이 높이를 조절할 수 있는 철제 등산지팡이였다. 현관 신발장 옆이 지팡이를 보관하는 장소였다. 나는 오갈 때마다 익숙한 그 물건을 보았다. 할머니의 겨울 외출은 적당히 두꺼운 외투와 지팡이, 분홍 목도리, 모자, 돋보기안경, 작은 손가방을 차려 든 모습으로 기억된다.

할머니는 또래의 모든 할머니가 하는 뽀글뽀글한 파마머리를 하고 있었기 때문에, 길에 나가면 이런 모습을 한 할머니를 수십 명도 넘게 볼 수 있었다. 인상도 분위기도 비슷한 특색 없는 할머니들이 한가득이었다. 어느 날, 동네 마트에 갔다가 돋보기안경에 흰 파마머리, 붉은 계열의 상의를 입은 인상 좋은 노인 여성 한 분을 목격했다. 뒷모습이 익숙하여 한동안 눈을 뗄 수가 없었는데 그 짧은 순간에 나는 우리 할머니도 뭘 사러 나왔나 보다 싶었다. 그분이 내 쪽으로 돌아서자 할머니와 닮았지만 미묘하게 다른 얼굴이 나타났다. 나는 생각했다. '우리 할머니 아니었네. 아는 척했으면 좀 민망할 뻔했어.'

하지만 그 노인 여성이 내 옆을 스쳐 지나간 후에, 나는 동네 마트에서 우연히 할머니를 만날 일은 앞으로 결코 없을 것이라는 사실을 떠올렸다. 세상에 할머니를 닮은 사람들이 수두룩했지만 이제 나는 저분이 혹시 우리 할머니인가 헷갈려서도 안 되는 거였다. 할머니는 이제 세상에 없다.

할머니의 옷가지들을 정리하고 난 후에도 안방 곳곳에는 할머니 물건들이 숨어 있었다. 언젠가는 정리해야 하지만, 가족들은 짐짓 모르는 체하며 그 시기를 최대한 늦추고 있는 것 같았다. 할아버지는 안방을 혼자 쓰기 시작했다. 늘 그랬던 것처럼 TV 볼륨을 최대한으로 키워 놓고 밤새 시청자 없는 채널을 틀어 두기도 하며, 덤덤한 일상을 그대로 꾸려 나가면서 말이다.

아빠의 병증이 심해져 더는 할아버지를 부양할 수 없는 상태가 되자, 넷째 숙모가 할아버지를 모시겠다고 결단했다. 할머니와 평생을 살던 그 방을 떠나야 했기에 할아버지에게도 결단이 필요했다. 오랜 시간 고민하던 할아버지는 마음이 서자마자 순식간에 이사 가방을 챙겼다. 할아버지는 정신이 무척 또렷하고 거동이 불편해 본 적이 없는 분이었기 때문에 지팡이 같은 필수품도 하나 없었다. 그런 할아버지가 가장 먼저 챙긴 것은 할머니의 영정사진이었다.

할아버지는 넷째 삼촌 집에서 반년, 막냇삼촌 집에서 일 년 남짓을 보낸 후 요양원으로 가게 되었다. 생애 마지막에 가는 곳. '요양'이라는 단어가 주는 무심함이, 그리고 약간의 뻔뻔함이 야속하다.

할머니의 비밀 서랍

미뤄왔던 일을 하기로 했다. 할머니 장롱의 비밀 서랍을 정리하기로.

어렸을 적 나는 엄마에게서 피해 있고 싶을 때면 할머니 방에서 자겠다고 고집을 부렸다. 그러고는 할머니와 한밤을 보내며 할머니가 큰 장롱에 있는 비밀 서랍을 특별한 방식으로 여는 걸 여러 번 보았다. 포도알 무늬가 새겨진 그 서랍에는 손잡이가 없어 하부장 천장에 난 동그란 구멍에 손을 넣어 조금씩 서랍을 움직이는 방법으로만 열 수 있었다. 이런 식으로 열 수 있는 서랍 두 개가 나란히 붙어 있었다.

몇 번 보고 따라 하니 나도 열 수 있게 되었다. 아무래도 할머니는 내게 서랍의 존재를 숨길 의도가 없던 모양이다. 사실 내가 아니라 누구에게도 굳이 숨길 의도가 없는 서랍이었으니 '비밀'이라는 이름을 붙여도 될까 모르겠다. 그래도 어쨌든 그 서랍의 존재를 아는 사람이 많지 않았으니까 이름을 그대로 둔다. 할머니가 소중히 여기는 것들이 그 안에 있었고, 누군가에게 보이기 싫어서 꼭꼭 숨겨 놓은 것이 아니라 혹시나 도둑이라도 들면 손대지 못하도록 안전하게 보호해 놓은 것에 가까웠다.

할아버지의 이사 이후로 몇 주에 걸쳐 안방에 있던 불필요한 물건들이 정리됐다. 할아버지가 시간을 보내던 책상, 달력과 책들, 벽에 걸려 있던 옷걸이…. 엄마는 조용하고 신속하게 물건들을 비웠고, 본가에 들를 때마다 안방의 잡동사니들이 조금씩 줄어들었다. 물건이 사라지니 안 그래도 큰 방이 더욱 커 보였다. 나의 부모가 평생 써 보지 못한 넓은 방이었다. 엄마는 큰 가구를 모두 비우고 붙박이장을 짜 넣어 아빠가 혼자 쓸 수 있는 방을 만들겠다고 했다. 이제 두 분이 같이 안방을 쓰시는 거 아니냐고 물으니, 할머니 할아버지가 수십 년을 쓴 안방에 굳이 들어가고 싶지 않다고 했다. 대신 두 내외가 비좁게 쓰던 방을 엄마 혼자 쓰는 방으로 바꾸기로 했다. 덕분에 아빠에게는 큰 개인 방이 생겼고 엄마에게는 작은 공부방이 생겼다. 그 공부방에서 엄마는 글 쓰고 공부하고 책 읽고 잠자며 살고 있다.

엄마의 큰 그림에 따라 이제 그 거대한 장롱을 치울 시간이 되었다. 가구 업체와 철거 약속이 잡히자, 할머니의 비밀 서랍을 내가 정리할 테니 조금만 시간을 달라고 말했다. 이미 장롱 속 물건을 모두 치웠다고 생각한 엄마는 대체 비밀 서랍이 뭐냐고 물었다. 나는 괜히 답을 해 주기 싫어 그런 게 있다고만 말했다. 할머니와 나만 아는 뭔가가 있다는 것이 여전히 좋았기 때문이다.

날을 잡고 본가에 들러 비밀 서랍을 정리했다. 서랍에서는 할머니의 목걸이, 반지, 안경, 2002년에 복자 수녀회에 봉헌하고 받아 온 특별회원 증서 여러 장, 신부님의 강론이 녹음된 카세트테이프, 삼촌들의 결혼식 비디오테이프, 할아버지의 회갑연 비디오테이프 그리고 막냇삼촌의 군번줄이 나왔다. 여러 번 접은 작은 종잇조각들도 있었다. 할머니가 직접 쓴 기도문이었다. 몹시도 길었던 노년을 지나며 할머니가 매일같이 기도했던 흔적들을 보았다.

나는 할머니의 소박함에 목이 메었다. 흔한 비상금도 없이 깨끗하게 살다 간 할머니의 홀가분한 뒷모습을 보는 느낌이었다. 어찌 이렇게 살다 가셨을까. 어떻게 이렇게 남한테 주기만 하다 가셨을까 하는 생각에 숙연해졌다.

그런 나와 달리 꺼내 놓은 물건을 살펴보던 엄마는 격앙된 목소리로 서운함을 토로했다. 복자 수녀회에서 받아 온 여러 장의 특별 회원 증서 때문이었다. 특별회원 증서에 할아버지, 아빠, 할머니 당신, 심지어 증조부모님 이름까지 다 있는데 정작 맏며느리 이름은 없다는 이유였다. 특별회원이 되면 수녀회에서 특별한 미사를 드려준다고 한다. 수년 동안 기도로 하루를 시작했던 할머니께 누군가의 이름을 수녀회의 기도 제목으로 올린다는 것은 보통 큰 의미가 아니었다. 거기에 맏며느리인 엄마의 이름이 빠져 있던 것이다. 2002년이면 함께 산 지 스무 해가 다 되어가는 때였는데 그 고생을 함께하며 옆에 붙잡아 둘 때는 언제고, 어떻게 여기에 내 이름만 뺐냐며 엄마의 눈가에 그렁그렁 눈물이 맺혔다. 할머니 옷을 냉정하게 정리하던 엄마와는 딴사람 같았다.

할머니의 마음은 이십 년을 건너 엄마의 마음을 찔렀다. 할머니는 내색하지 않고 무뚝뚝한 엄마를 보듬던 분이었고, 엄마는 갖은 고생을 같이해 온 할머니만은 마음의 안전지대에 두어 왔다. 그러나 대부분 그렇듯, 엄마는 '내 자식'과 '남의 자식'을 가르는 울타리를 뛰어넘지 못했다. 할머니의 솔직한 마음이 숨어 있는 특별회원 증서가 엄마를 울게 했다. 나는 어린 시절에 느꼈던 감정 그대로, 할머니도 좋고 엄마도 좋아서 마음이 아팠다. 옆에 할머니가 있었다면 엄마는 알게 모르게 서운하다는 투정을 하며 속이라도 풀었을 텐데, 지금은 그럴 수 없으니 내가 대신 위로할 수밖에.

"엄마! 우리가 엄마 끝까지 챙길 테니까 너무 서운해하지 마."

"아냐, 서운한 건 아니고! 어쩔 수 없어. 그냥 남남이야. 자식이 아니니까…. 그냥 내가 사서 고생한 거야. 그 고생 같이했는데…."

"그래도 서운한 건 서운한 거지. 오늘은 아빠한테 서운한 거 다 맘껏 말씀하셔."

"아유, 야! 그래야겠다. 내가 진짜 결혼을 왜 했을까."

그러나 아빠의 관심사는 내가 비밀 서랍을 어떻게 알게 됐는지에만 있었다. 그래서 엄마 마음도 모르고 자꾸 쓸데없는 말만 늘어놓았다. 아빠는 비밀 서랍의 존재를 몰랐을 뿐 아니라, 자신이 할머니의 지극한 사랑을 받은 '내 새끼'였다는 사실도 모른다.

할머니의 비밀 서랍은 그렇게 정리됐다. 할머니가 마지막 순간까지 간직하던 것들에 고이고이 숨겨 둔 사연까지 조용히 정리됐다. 마음이 깃든 물건은 더는 물건이 아닌 것 같다. 한 사람의 삶이 담긴 소중한 존재들을 보았다. 누군가의 사진이나 물건을 보고 그 사람을 떠올리며 한 번씩 그의 안녕을 기원한다면 그것은 아주 천천히 가 닿아 그를 지켜 줄 것이다. 할머니가 매일 새벽 일어나 온 가족을 위해 바치던 기도의 힘처럼 말이다. 나도 아이를 다 키워 독립시키고 나면 우리 할머니가 그랬듯, 자식의 사진이나 자식이 남기고 간 물건들을 보며 매일 한 번씩 건강과 행복을 기원하게 될 것이다. 그런 사랑의 마음이 사람들이 말하는 '수호천사'일지도 모르겠다.

내가 할머니와 이별한 것이 맞는가. 할머니는 3월에 숨을 거두었지만 나와 할머니의 이별은 1월에 이루어졌다고 생각해 왔었다. 요양병원에 들어간 시점부터 할머니를 만나거나 볼 수 없었기 때문이다. 세상에 존재한다는 사실을 소식으로밖에 알지 못하는 사람을 과연 '살아 있다'라고 볼 수 있는지 의문이었다. 그래서 실은 할머니는 1월에 돌아가신 것이고 그때가 나와 당신이 완전히 이별한 시점이라고 생각하기도 했었다. 그렇지만 아무래도 이 헤어짐은 좀 이상하다. 할머니의 얼굴과 손과 몸이 사라졌지만, 할머니의 존재는 여전히 우리를 에워싸고 있으니까. 늘 떠올리고 생각하게 되는 사람을 '떠난 사람'이라고 부를 수 없을 것 같다. 나는 여전히 할머니를 사랑하고 기억하며, 그래서 할머니와 이별하지 않았다고 감히 말해 본다. 그도 그럴 것이, 나는 할머니의 사랑 덕에 시험에 합격하고 직장을 구하고 무사히 아이를 낳아 건강하게 기르고 있다. 내가 누리는 삶의 모든 부분에 '위하는 마음'이 속속 배어 있다. 당신이 내 꿈에 단 한 번도 나오지 않는 이유가 거기 있을 거다. 할머니는 아무래도 내 곁을 떠난 적이 없는 것 같다.

시간이 만든 것들

할머니가 가신 후 몇 년, 가족들은 빈자리를 그대로 남겨 놓은 채로 일상을 살아갔다. 점차 그 자리가 뻥 뚫린 구멍이 아닌, 기억할만한 점이 될 때까지 시간이 성실하게 흘렀다. 뻥 뚫린 공허를 이고 지고 살 수는 없지만 그렇다고 의미 있는 어떤 이를 완전한 무(無) 속에 두고 올 수도 없으니, 우리는 점 같은 흔적을 남겨 그를 기억하고 기리는지도 모르겠다. 기념일이나 기념 장소를 만드는 일도 그 일환일 것이다.

지난 몇 해 간 나는 운전 실력이 늘었다. 겨우 동네 언저리만 돌줄 알던 내가 한 시간 반이 넘는 거리의 할머니 묘원까지 척척 갈 수 있게 됐다. 한동안은 조수석에서 같이 내비게이션을 봐 줄 동행이 필요했으나, 길이 눈에 익고 나서는 혼자서도 잘 갈 수 있게 됐다. 할머니를 보고 싶을 때 누군가의 도움을 받지 않아도 갈 수 있게 된 거다. 나이가 들어도 성장은 계속되는 것 같다.

나는 일 년에 네 번 할머니의 묘원에 방문했다. 할머니가 돌아가신 봄을 포함하여 계절별로 한 번씩 그곳에 갔다. 봄에는 봉안묘 앞쪽에 빨간 꽃을 피우는 진달래 나무가 특히 아름다웠다. 딱 한 그루만이 거기 서 있었기에 이 나무를 찾으면 할머니의 위치를 알기 쉬웠다. 여름에는 그늘이라고 할 만한 곳이 없어 양산이나 모자를 필수로 챙겼다. 늦여름부터는 산자락과 하늘이 이루는 환상적인 풍경을 볼 수 있었다. 그러니 가을은 더 말할 것도 없었다. 눈 오는 날에는 또 나름의 운치가 있었다. 울타리와 나무마다 폭신하게 쌓인 눈이 도리어 따스하게 보였다. 이렇게 아름다운 곳에 잠들다니 할머니는 좋겠다는 생각과 더불어, 이 좋은 풍경을 할머니만은 볼 수 없다는 사실이 아쉬웠다.

산소나 봉안당처럼 떠난 사람을 기릴 수 있는 집을 만들어 놓으면, 산 자들이 삶에 지치거나 그 사람이 그리울 때 한 번씩 들를 수 있는 장소가 되어 좋다고 한다. 내게도 봉안묘가 그런 장소가 될 거로 생각했었다. 그러나 나는 그곳에서 무거운 마음이 녹는 경험을 거의 하지 못했다. 텅 비어 있을 봉안묘 앞에서 떠난 사람의 이름을 부르고 울부짖는 일은 자기만족에 지나지 않는다고 생각해서였다. '할머니 보러 간다'라는 이유로 이곳에 방문하지만 사실 할머니가 깃들어 있는 곳은 여기가 아닐지도 모른다고 생각했다. 나는 지금 이 글을 할머니가 십 년 넘게 사용했던 안방의 귀퉁이에서 쓰고 있다. 그리고 이곳이 도리어 할머니의 집이자 방이라는 생각을 한다. 교외의 낯선 봉안묘보다 이곳이 당신께 더 익숙한 곳일 테니까.

할머니가 떠난 후 한동안, 내 아이는 본가에 들를 때마다 "왕할미는 어딨어?"라고 물었다. 그도 그럴 것이, 아이에게도 왕할머니가 어떤 향기를 띤 존재로 남아 있을 것이고, 늘 있던 왕할머니가 갑자기 사라진 것에 의아했을 것이기 때문이다. 처음에 가족들의 답은 "어디 멀리 가셨어."로 통일됐다. 틀린 말이 아니었기에 모두 자연스럽게 아이의 질문에 그렇게 답했다. 그리고 시간이 흐르자 아이는 그 질문을 더는 하지 않게 됐다. 어딘가로 멀리 가신 분이 돌아오지 않는 데에도 별다른 의문을 보이지 않았다. 아이의 받아들임과는 별개로 아이가 왕할머니의 죽음에 대하여 했던 말들은 내게 안도감을 주었는데, 예를 들면 이렇다.

"아가, 왕할머니 어디 갔지?"

"왕함미 나무 됐어."

발음도 신통치 않던 아이가 한 말은 어떤 의도나 지식이 없었음에도 진실 그 자체였다. 할머니가 나무 유골함과 함께 흙 속으로 스며 봉안묘 주변에 우거진 나무의 일부가 되었을 거라고 생각하니 마음이 환해졌다. 아름다운 풍경을 이루는 일부가 되어 이후의 모든 시간에 그렇게 아름다운 것만 보고 사셨으면. 인생의 현자 같은 말을 하던 아이는 조금 더 머리가 크고서는 이런 질문을 하기 시작했다.

"엄마, 왕할머니 하늘나라 갔어?"

"맞아. 나이가 많이 들어서 가신 거야."

"(봉안묘를 가리키며) 그럼 여기에는 누가 있어?"

"왕할머니 몸만 있고 왕할머니 마음은 하늘로 갔어."

"왜 몸은 여기 있어?"

"그건 엄마도 잘 모르겠어. 하늘로는 못 가져가나 봐."

"그럼 마음은 하늘나라 어떻게 가는데?"

"그것도 엄만 잘 몰라. 나중에 알게 되면 말해 줄게."

"엄마, 혹시 하늘에서 사다리가 내려오는 거 아냐?"

안전하게 사다리를 타고 하늘로 올라가는 할머니의 마음을 떠올린다. 아니, 올라가기만 하는 게 아니라, 가족들이 나 없이도 잘 살고 있나 보려고 사다리를 타고 내려와 세상을 살피는 할머니를 상상해 본다. 지상과의 연결 통로가 사다리라면 당연히 그럴 수 있을 테니까.

그리고 장례식장에서 아름다운 화해를 이룬 것 같던 친척들 간에는 다시 소원함이 생겼다. 오랜 세월 묵혀 온 서운함과 원통함이 그 며칠의 시간 사이에 눈 녹듯 사라지지는 않았나 보다. 할머니가 걸어 놓은 마법이 다 풀려 버린 것 같았다. 할머니의 기일에 모이자는 말에 다른 날짜에 따로 가겠다며 빠지는 사람들이 생겼다. 우리는 다시 서먹해졌고 연락이 뜸해졌다. 또 다른 경조사가 생기지 않는 이상은 그렇게 데면데면하게 살게 될 것 같다. 그동안 사촌 동생둘이 아이를 낳았다. 어린 꼬물이들 사진이 이 메신저 창에서 저 메신저 창으로 전송됐다. 할머니가 나무가 됐다는 발언으로 이 가정의 신비로운 예언자라도 된 양 칭송받던 내 아이는 서서히 사람들의 관심 밖으로 밀려났다. 막둥이 자리를 그들에게 물려 준 것이다. 요새 나의 아이는 학습만화를 탐독하며 신체의 기능과 노화에 대해 과학적으로 배우고 있다.

할머니를 봉안묘에 모신 지 얼마 되지 않아, 넷째 삼촌과 고모는 보랏빛이 도는 꽃모종을 봉안묘 곁에 심었었다. 조그만 꽃병에도 색색의 꽃을 담아서 할머니가 잘 볼 수 있도록 두었다. 다음 방문자들은 보랏빛 꽃을 보며 그들의 효심에 감동했다. 먼저 방문한 사람이 뭔가를 해놓고 가면 다음 방문자가 그걸 보고 감동하는 식이었다. 몇 달간 그런 일이 반복됐다.

뿌리가 튼튼하지 않았던 꽃모종은 오래지 않아 덥수룩하게 자라나는 잡초에 그 자리를 내주었다. 잡초가 수북한 묘소는 아무래도 싫은 법이라, 가족들은 방문할 때마다 잡초를 뽑고 그 자리에 이 꽃 저 꽃을 가져가 채웠다. 그러나 드문드문 방문하는 사람들이 꽃을 성실하게 가꾸기란 처음부터 불가능한 일이었다. 묘원 관리인이 시든 꽃을 속속 치울 뿐이었다. 그리고 어느 순간부터는 플라스틱 조화가 꽃병에 꽂혔다. 해바라기와 장미꽃이었다. 할머니와 전혀 어울리지 않는 꽃이 그저 '꽃'이라는 이름만으로 선택된 듯 거기에 있었다. 차라리 아무것도 없는 것이 나을 정도로 조악한 모습이었지만, 할머니는 그 또한 기쁘게 받았을 것이기에 그대로 두었다.

아이가 왕할머니에게 주고 싶다며 색 클레이로 무언가를 만들었다. 동그란 모양에 눈처럼 보이는 점이 콕콕 찍혀 있는 작품이었는데 할머니 얼굴이냐고 물어도 자꾸 아니라고만 하고 대답을 피했다. 어쨌거나 정성들여 만든 선물이니 할머니 봉안묘 위에 두고 왔고 다음 방문 때에는 치워져 있었다. 이제 먼저 방문한 사람이 뭔가를 해놓고 가면 다음 방문자가 그중 지저분해진 것을 골라 치우는 식으로 역할이 분담됐다.

그동안 비어 있던 옆 봉안묘에 새로운 이웃이 들어왔다. 그리고 할머니의 봉안묘 앞에 더는 화려한 꽃이 놓이지 않게 되었다. 그해 여름, 나는 할머니 묘원 방문을 건너뛰었다.

26

할머니가 빚어둔 것들이

직장에서 인사 자료를 정비한다고 가족관계증명서 제출을 요구했다. 할머니가 돌아가신 후 처음으로 증명서를 떼 보았다. 할머니의 이름 옆에 사망이라고 쓰인 네모난 상자가 보였다. '사망'이라는 글자 앞에서 마음이 조금 쓰렸다. 할머니의 죽음을 공공기관에서 인증하고 있다니 묘한 기분이었다. 하긴, 사망 신고에 매장 신고까지 했으니 그것이 반영되는 게 당연하고, 할머니 휴대폰을 해지할 때 신청 사유란에 '별세'라고 직접 쓰지 않았던가. 사망이라는 글자를 도저히 쓰고 싶지 않았었는데 그런다고 할머니가 돌아가신 사실이 사라지는 건 아니었나 보다.

넷째 삼촌이 할머니 사진을 보내왔다. 생전에 할머니를 모시고 놀러 갔을 때 찍은 사진들이었다. 아들과 함께 좋은 풍경을 보아 기분이 더 좋으셨는지 활짝 웃는 얼굴이 눈부실 정도였다. 할머니는 이렇게 웃을 줄 아는 사람이었고, 그런 미소를 매일 보고 살았던 적도 있었다. 열 장 남짓 되는 사진을 휴대폰에 내려받고 따로 폴더를 만들어 저장했다. 살면서 언제든 이 사진이 필요할 때가 있겠지 싶었다.

할머니가 떠난 후 한참 동안은 그런 때가 너무 자주 왔다. 무의식적으로 폴더를 열어 할머니의 사진을 넘겨 보았다. 이렇게 웃던 사람이 지금은 세상에 없다는 것이 말도 안 된다고 생각했다. 마음이 울적한 날에는 그 사진을 살펴보는 것만으로도 눈물이 쏟아졌다. 아이 사진을 보려다가 무심결에 할머니 사진들을 열어 보고는 감정을 주체할 수 없어 주저앉아 울기도 했다. 아이는 엄마가 또 우는지 살펴보다가 곁으로 다가와 어깨를 토닥토닥해 주거나 품을 열어 안아 주었다. 그러면서 이렇게 말했다.

"엄마, 괜찮아! 엄마도 나중에 죽으니까 괜찮아!"

어떤 악의도 없는, 그렇지만 꽤 독하게(?) 들리던 아이의 위로 덕분에 그 시간을 비교적 무사히 넘겼다. 슬픈 감정은 갈수록 가라앉았고 그리움만 투명하게 남았다. 사진을 보면 '우리 할머니구나.' 했고 더는 울 필요가 없게 되었다. 아이는 나를 통해 그리움이라는 감정을 배웠을까? 다시 볼 수 없는 존재를 그리워하는 것이 어떤 의미인지 알게 되었을까?

할머니가 사시사철 가지고 다니던 묵주 반지는 내가 가져왔다. 평생 일하느라 손마디가 두꺼웠던 탓에 할머니의 반지는 내 엄지손가락에도 헐거웠다. 이걸 몸에 지니고 싶어 어떻게 할까 고민하다 목걸이로 만들기로 했다. 묵주 반지와 비슷한 색의 목걸이 줄을 사러 갔다. 직원은 내 연령대만 보고 화려한 펜던트가 달린 목걸이 여러 개를 권했다. 내가 아무것도 달려 있지 않은 평범한 줄을 고르자 그것보단 이게 더 예쁘지 않냐고 물었다. 반지를 걸고 다니려고 한다고 말하자 어떤 반지인지 알려 주면 어울리는 색을 찾아 주겠다고 했다. 내가 반지를 보여 주며 할머니 유품이라 같은 색으로만 맞추고 싶다고 말하자, 직원이 갑자기 죄송하다고 했다. 죄송할 일이 아니었으므로 나는 손사래를 치며 괜찮다고 답하고 처음에 고른 줄을 사서 집으로 왔다.

결과적으로 묵주 반지로 만든 목걸이는 옷깃에 자꾸 걸리고 무거워서 화장대 속에 고이 보관하게 됐다. 할머니가 남긴 것을 종일 지니고 싶었는데 쉽지 않았다. 달리 말하면 꼭 무언가를 지니고 있지 않아도 견딜만한 시기가 오는 것 같았다.

아이와 함께 할머니가 다니던 노인정에 가 본 적이 있다. 노인정 게시판에 아직도 할머니의 사진이 남아 있었다. 여러 노인 중에서 할머니가 가장 체구가 작았고 머리도 하얬다. 요란한 무늬의 형광 연두색 재킷을 입고 있는 것을 보니 무척 중요한 날이었나 보다. 아이는 왕할머니의 얼굴을 단번에 찾고는 "그런데 지금은 하늘나라에 계시지?"라고 물었다. 그 질문에 그렇다고 대답해 주는 것이 이제는 힘들지 않았다. 할머니의 사진은 얼마 후 사라지고, 다른 어르신들의 사진으로 교체되었다. 저기 계신 분들은 아직 모두 살아계실까.

나한테 할머니가 있었는데 지금은 돌아가셨다는 말을 이제는 어떤 감정도 섞지 않고 할 수 있다. 할머니의 죽음 이후 나를 만난 사람들에게, 나를 무척 아끼며 키워 주신 분이 있다는 말을 굳이 꺼낼 필요도 없었다. 내가 어떻게 컸는지를 궁금해하는 사람은 이제 없으니까. 대신 내가 키우는 아이에 대해서 말했다. 아이가 다니는 유치원과 태권도 학원, 피아노 학원 같은 것을 말이다. 할머니가 없는 일상은 당연한 것이 되었고, 이제 나는 누구의 손녀나 딸이 아닌 누군가의 엄마로 나아가야 했다. 내가 해야 하는 일은 뒤가 아니라 앞에 있었다. 할머니가 빚어 둔 것들이 나를 어떤 방향으로 이끌어 갈까. 내가 꾸려 가는 삶에서 어떤 식으로 불쑥 튀어나와 추억에 잠기게 할까? 혹시 내가 할머니의 나이까지 세상에서 살게 된다면 나도 할머니만큼 자애롭고 현명할 수 있을까. 사망이든 별세든 이제 크게 두렵거나 슬프지 않았고 도리어 앞으로의 삶이 조금 궁금해지기 시작했다.

그래도… 여전히 할머니가 보고 싶은 것은 어쩔 도리가 없지만 말이다.

할머니의 방식으로
내 아이를 길러내는 일

아이는 이제 유치원 졸업반이다. 내가 아이를 대하는 태도나 방법을 볼 때, 작은 것 하나하나 할머니의 방법을 따르고 있다는 생각이 든다. '사람이 어떻게 자라왔는가'가 얼마나 중요한지 새삼 느낀다. 할머니가 내게 거창한 양육관이나 교육관을 전수해 준 것은 아니다. 다만, 할머니는 어린이를 따스하게 살피는 마음을 늘 행동으로 보여 주었다.

할머니의 방법 첫 번째, 아이의 등을 자주 쓸어내리고 어루만져 준다. 할머니는 손녀의 감정이 동요하는 모든 순간에 가까이 다가와 등을 쓸어내려 주곤 했다. 기쁘거나 슬플 때, 그 감정의 세기가 폭발적일 때를 가리지 않고 같은 행동을 했다. 그것이 필요한 순간을 정확히 포착하는 것도 할머니의 능력이었다. 그만큼 아이를 꾸준히 관찰하고 있어서 가능한 일이었을 것이다. 원래 할머니는 어린 나를 한 품에 안고 토닥였었다. 그러나 키와 머리가 큰 다음에는 내 쪽에서 그걸 거부하기 시작했고, 유일하게 남은 게 등을 쓸어내리는 의식이었다. 한 번, 두 번… 그 손이 등을 지나갈 때마다 커다란 존재의 품에 폭 안겨 있는 느낌이 들었다.

내 아이도 같은 방식으로 크고 있다. 아이의 몸은 놀라운 속도로 자라고, 한 품에 들어오지 않아 폭 안는 것이 버거워지기 시작했다. 엉덩이라도 토닥일라치면 유치원에서 배운 '안전 삼각지대'를 건드렸다며 성화다. 다만, 아이의 키와 함께 넓어진 등을 토닥이는 것은 아직도 유효하다. 뿔이 나서 씩씩거리는 아이에게 '무엇 때문에 그러냐'라고 캐묻는 대신 다가가 말없이 등을 쓸어내려 주기로 한다. 아이가 빠르게 진정되는 것을 보며 할머니의 지혜에 감탄한다.

할머니가 등을 쓸어 줄 수 있을 만큼 가까이에 붙어 있으면, 당신이 나를 걱정하는 눈빛도 함께 볼 수 있었다. 그 모든 것이 할머니가 나와 함께하고 있다는 감정을 불러일으켰다. 혼자가 아닌 사람은 뭐든지 할 수 있으므로 나는 불편한 감정들을 털어내고 그다음 것을 할 수 있었다. 지금도 나는 그 커다란 손과 함께 살아가고 있다.

둘째, 아이를 야단치면 마지막은 꼭 안아 주는 것으로 끝낸다.

나도 내 아이처럼 수없이 많은 실수와 잘못을 하며 자랐고, 그럴 때마다 어른들로부터 갖은 훈육을 받았었다. 할머니도 잘못한 일에는 양보가 없었다. 그래도 할머니의 훈육만은 내게 공포로 다가오지 않았는데, 그 이유는 항상 마지막을 안아 주는 것으로 마쳤기 때문인 것 같다. 내가 잘못을 인정하거나 다시는 그러지 않겠다는 다짐을 하면 할머니는 나를 안고 보듬으며 "알았으면 됐다."라고 따스하게 말했다. 미워서 혼내는 것이 아니라는 마음을 언어로 듣는 대신 감각으로 알아차렸던 셈이다.

아이가 한 살씩 더 먹어 갈수록 훈육할 일이 많아진다. 엉엉 울면서도 엄마가 하는 말을 들으려고 앉아 있는 것을 보니 나도 덩달아 눈가가 찌르르 울린다. 하면 안 되는 것을 끊임없이 알려 주면서 아이가 흘리는 눈물을 닦아 주고, 그러다가 아이가 알아들은 것 같으면 꼭 안아서 그 자리를 마무리한다. 아이가 지금은 내 속을 몰라도 나중에는 알아주겠거니 생각해 본다. 나 또한 할머니 행동의 의미를 다 크고 난 후에야 알았으니까 말이다. 단기적인 효과는 아이가 우는 사람에게 다가가 눈물을 닦아 줄 줄 아는 어린이로 자라고 있다는 것이다. 누군가가 서럽게 울고 있으면 귀 기울여 듣고 보듬어 주는 게 당연하다고 생각하는 모양이다. 내가 하는 행동 하나나가 아이에게 큰 영향을 주고 있음을 느낀다.

셋째, 같은 자리에 있되 놓아야 할 때 놓아준다. 할머니는 항상 같은 자리에 있었다. 어디 가지 않고 항상 그 자리에 있었다. 쉽지 않은 일이란 걸 시간이 갈수록 선명하게 느낀다. 할머니는 변함이 없었다. 사랑하는 마음과 사랑하는 방식이 가족들과 이별하는 순간까지 이어졌다. 나를 둘러싼 모든 것이 하루가 다르게 급변해도 할머니가 항상 그 자리에 있다는 것은 말로 다 표현할 수 없는 크나큰 안정감이었다. 그러면서도 할머니는 나에 대한 소유권(?)을 주장하지 않았고, 지금의 나를 만드는 데 가장 크게 이바지했음에도 떠나보내야 할 때 망설임 없이 놓아주었다. 가서 잘 살아라, 그게 할머니가 하는 최고의 축복이었다.

아직 어린아이를 키우고 있기에 이것을 내가 오래도록 잘할 수 있을지는 의문이다. 필요할 때는 곁에 있어 주지 못하면서 놓아주어야 할 때는 꼭 붙잡고 있으려는 부모가 참 많은 것 같다. 할머니에게 받은 것들을 아이에게 잘 전달해 주려면 정신을 바짝 차리고 있어야 한다는 생각도 든다.

오늘도 이것저것 스스로 해 보겠다고 고집부리며 나의 품을 벗어나려는 아이를 보며, 할머니의 마음을 가지기 위해 노력한다. 그 자리에 있되 놓아야 할 때 놓아주기. 그리고 그 뒷모습을 바라보며 축복하기. 이만하면 잘하고 있는 건지 모르겠다. 할머니께 중간 검사라도 받을 수 있으면 좋겠다.

사랑은 대물림된다. 오래도록 받은 사랑을 바탕으로 나는 그 사랑을 전달하는 통로가 된다. 삼십 년이 넘게 받은 사랑을 어떻게 언어로 표현할 수 있을까 오래 고민하다가 뭐든 써 보기로 했고, 한 글자 한 글자 내가 받은 것들을 적어 넣으니 꽤 긴 글이 되고 말았다. 할머니를 수식하는 많은 단어 —자애로움, 현명함 등— 가 있었지만, 글의 마지막에 나는 할머니를 '사랑' 그 자체로 정의한다.

사랑은 경계 없음, 나와 타인의 경계가 사라져 그 사람의 기쁨과 고통이 온전히 내 것으로 느껴지는 상태다. 내가 울고 웃던 모든 순간에 할머니는 조언하거나 충고하는 대신, 그저 함께 있어 주었다. 삶에 그런 사람이 있다는 것이 얼마나 큰 행운인지.

사랑은 경계 없음, 존재의 경계조차 허물어 버리는 것이다. 서로가 어디에 있든지 마음만은 함께 있다. 할머니를 떠올릴 때마다 할머니에 대한 글을 쓸 때마다 당신이 나와 함께 있다고 생각했다. 할머니의 몸이 좁다란 상자에 갇혀 흙이 되어 사라진들, 당신이 남긴 사랑의 마음마저 사라질 리는 없으니까. 할머니에 대한 추억을 길어 올릴 때마다 희미해져 가던 할머니의 흔적이 다시 다채로운 색을 얻을 것이다. 그러면 할머니는 외롭지 않을 것이고, 나 역시 그럴 것이다.

살면서
꼭 해야 할

여행 계획을 세우려고 검색어를 입력한다. '살면서 한 번쯤은 꼭 가 보아야 할 도시', 'OO지역에 가면 반드시 들러야 할 관광지', '가을에 꼭 가 봐야 할 필수 여행지'와 같은 흔한 제목들이 화면에 차곡차곡 쌓인다. 이 지역에서, 이 계절에, 심지어 사는 동안 한 번쯤은 꼭 가 봐야 할 장소가 이렇게 많다니, 집순이로 살아온 지난날이 조금 머쓱해진다. 미래를 기쁘게 기약하는 마음으로 하나씩 메모해 둔다. 올가을에는 갈대숲을 보러 가야겠다.

혹시 '살면서 꼭 해야 할 일'도 있을까? 세상에, 살면서 꼭 해야 할 일이 백 가지가 넘는단다! 이런 것도 과제처럼 해치우며 사는 삶이라면 꽤 팍팍하겠구나 싶어 고개를 절레절레 흔들다가, 맑은 눈으로 다시 살펴보니 누구를 향해 권유하거나 훈계하는 말이 아니라 쓴 사람이 스스로 작성한 버킷리스트다. '누구나 살면서 꼭 해야 할 일'이 아닌 '내가 사는 동안 꼭 해 보고 싶은 일'이었던 것이다. 이루고 싶은 꿈을 적은 목록이라고 달리 보는 순간 가슴이 따뜻해진다.

이런 것들을 품에 안고 살면 고된 삶을 살아가기가 조금 수월해질 것 같다.

내가 찾은 정보의 상당 부분은 '내가 이런 곳까지 가 본 사람이다' 또는 '나는 이런 것까지 이루고 말 것이다'로 마무리되곤 했다. 항상 마지막 말이 중요한 법. 사람들이 진짜 하고 싶었던 말은 거기에 있었나 보다. 그러고 보니 여행지든 버킷리스트든, 삶을 어느 정도 살아 냈다고 자부하는 사람들이 자기 이야기를 꺼내고 싶어서 던지는 화두인 것처럼 보였다. 생각 없이 휴대폰을 열었다가 끝없는 와글거림을 따라 듣느라 몇 시간씩 허비하고 나면 더욱 느끼는 바다.

그렇다면 '사람이 살면서 꼭 해야 할 말'은 있는 걸까? 난 그걸 검색해 보거나 남에게 물을 필요가 없다. 이미 그 답을 배워 알고 있기 때문이다.

할머니는 내게 유언이라 할 만한 것을 남기지 않았다. 요양병원에 들어간 이후 할머니가 했던 말은 "답답해." 또는 "아파." 정도뿐이었을 거다. 당신의 삶을 통틀어 내게 보여 주었던 모습 전부도 물론 할머니의 기나긴 유언이겠지만 그보다 먼저, 누가 알려 주지 않았는데도 내가 그분께 했던 말, 그것이 역설적으로 할머니가 내게 남긴 유언이라는 걸 확신한다.

할머니가 떠난 날. 흰 천이 덮인 채 내려와 그 얼굴조차 보여 주지 않던 할머니께 나는 마지막으로 전할 말을 해야 했다. 할머니의 귀가 완전히 닫히기 전에, 할머니가 마지막으로 붙들고 갈만한 한마디만을 말이다. 할머니를 옮겨 가려는 사람들이 바삐 움직이고 있어 시간이 거의 없었다. 마음이 조급했지만, 정신은 맑았다. 나는 하고 싶은 말을 빠르게 정했다. 할머니가 오래도록 내 가슴 속에 고여 두었던 단순하고 명료한 말. 기름지고 거품 낀 모든 것들을 다 거두어 내고 마지막에 남은 한마디가, 살아 있는 동안 매일 서로 나누어야 했던 소중한 한마디라는 것을 나는 그때 알았다. 아마도 할머니라면 '아이와 가족들에게 이 말 많이 해 주고 살아라'라고 했을 것 같다. 나는 떠나는 할머니의 귀에 대고 말했다.

할머니.
사랑해, 고마워.